Daniela Krien

El fuego

Vegueta 🏠 Narrativa

Daniela Krien (Neu Kaliß, 1975) se formó en Estudios Culturales y Ciencias de la Comunicación en la Universidad de Leipzig. Trabajó en diversos oficios antes de 2010, cuando decidió dedicarse de lleno al cine y a la escritura.

Considerada una de las voces más destacadas de la literatura alemana contemporánea, logró reconocimiento internacional desde la publicación de su primera obra, *Algún día nos lo contaremos todo* (2011), una novela sobre la reunificación alemana que le valió el prestigioso Junger Literaturpreis y fue traducida a 17 lenguas. Su segunda entrega, *El amor en caso de emergencia* (2019), llegó a lo más alto de las listas de *best sellers* de su país, siendo traducida a 18 idiomas y llevada al cine por Emily Atef. *El fuego*, publicado en castellano en 2023 por Vegueta, fue también un éxito rotundo en Alemania y en Suiza, tanto a nivel de crítica como de público.

Por su trayectoria literaria, Daniela Krien obtuvo en 2018 el Sächsischer Literaturpreis. Actualmente vive en Leipzig con sus dos hijas.

Vegueta Narrativa
Colección dirigida por Eva Moll de Alba

Título original: *Der Brand* de Daniela Krien

© 2021 by Diogenes Verlag AG, Zurich
All rights reserved
© Daniela Krien, 2021
© de esta edición: Vegueta Ediciones S.L., 2023
Roger de Llúria, 82, principal 1ª
08009 Barcelona
www.veguetaediciones.com

La traducción de esta obra ha sido apoyada
por una beca del Goethe-Institut

Traducción del alemán: © Isabel García Adánez
Diseño de colección y cubierta: Sònia Estévez
Fotografía de la autora: Maurice Haas / © Diogenes Verlag
Impresión y encuadernación: Kadmos

Primera edición: septiembre de 2023
ISBN: 978-84-17137-91-5
Depósito legal: B 12909-2023
IBIC: FA

Impreso en España

Este libro ha sido impreso en papel libre de cloro, 100% procedente
de bosques gestionados de acuerdo con criterios de sostenibilidad.

Con el apoyo de

Daniela Krien

El fuego

Traducción del alemán de Isabel García Adánez

Vegueta 🏠 Narrativa

La contradicción es un elemento fundamental
de la existencia humana.

ERNST CASSIRER

Un viernes de agosto, Rahel Wunderlich recorre la Pulsnit-zer Straße con paso rápido en dirección a Martin-Luther-Platz. Lleva todo el camino sintiéndose ligera, casi ingrávida, y adelanta a la mayoría de viandantes.

El papeleo de la consulta se ha quedado todo hecho, ha regado las plantas y dejado una nota con indicaciones para el servicio de limpieza. Ha pasado por su librería habitual para comprar un libro que le han recomendado y otro de Elizabeth Strout que llevaba mucho tiempo en su lista de deseos: una historia muy elogiada sobre una madre y una hija.

Peter debería haber llegado a casa de sobra dentro de una hora. Le ha mandado un mensaje a Rahel desde unas bodegas de Radebeul con varias fotos de distintos *pinot*, gris y *blanc*, preguntando si le parecía bien la selección. Ella le ha pedido también un Scheu y él le ha devuelto un parco «ok».

En el portal de casa, Rahel vacía el buzón y echa un vistazo al correo: publicidad de una nueva pizzería a domicilio, la factura del pintor que les ha renovado la cocina hace poco, una notificación oficial del Ayuntamiento: la multa por la foto del radar de hace unas semanas. Noventa euros de sanción más veinticinco de impuestos y un punto del carnet. Podría haber sido peor, después de todo, Rahel se saltó un semáforo en rojo.

DANIELA KRIEN

Sube las escaleras hasta el segundo piso —es un edificio antiguo— y deja las cartas encima de la cómoda del pasillo. Mientras se quita los zapatos, suena el teléfono de su cuarto. Vacila un momento. Necesita ir al baño, pero tiene la sensación de que esa llamada es algo urgente, algo que no admite demora.

Mientras hablan, se tiene que sentar.

El señor del teléfono le informa con voz quebradiza que la casa de vacaciones que Rahel ha reservado meses atrás ha ardido en un incendio. Que el chalet en la montaña, propiedad de la familia desde hace casi un siglo, lo ha consumido para siempre el fuego.

Rahel no siente nada. Mientras el señor sigue hablando, la informa de cómo debe hacer para que le reembolse el dinero de la reserva y le sugiere una alternativa de alojamiento, ella no piensa ni un segundo en la pérdida de una propiedad así, sino tan solo en Peter y en la cara que va a poner cuando se lo diga.

—¿Entonces le parece bien el cambio a la casa del pueblo? —pregunta el señor, ahora en un tono puramente pragmático.

—No —dice Rahel—. Mejor reembólsenos el dinero, por favor.

Casi dos meses había pasado Rahel buscando una casa como esa. Desde principios del año, nada más se dieron las primeras noticias sobre el virus, Peter y ella acordaron pasar el verano en el campo, sin salir de Alemania.

Era perfecta: una cabaña en la Alta Baviera, en los Alpes de Ammergau, completamente aislada en lo alto de una colina verde, con pozo de piedra y bomba de agua antigua, sin más acceso que un serpenteante caminillo de piedras a través del bosque. Sin Internet ni televisión ni distracciones.

Peter lleva semanas estudiando mapas y diseñando rutas de senderismo. Se ha comprado unas botas de *trekking* muy caras, una mochila para las excursiones en el día, camisetas y pantalones de material repelente al agua y de secado rápido, una chaqueta buenísima de una marca suiza y calcetines especiales que estabilizan el pie. Y también Rahel se ha gastado un buen dinero en equipamiento, aparte de hacer deporte casi a diario como preparación para las caminatas.

Tres días más tarde iban a emprender el viaje. Imposible encontrar nada comparable ahora, a toda prisa, dadas las circunstancias, este año ya nada, ni planteárselo. Sin muchas esperanzas, Rahel introduce una búsqueda en una web de alojamientos de vacaciones. Lo intenta en una segunda web... Nada, lo mismo: ningún resultado.

Luego abre la página de la cabaña que habían reservado. Va haciendo clic sobre las imágenes, desde los geranios en el macetón de la terraza hasta la pequeña veranda con vistas al macizo de los Alpes y de vuelta a la casa, esta vez desde otra perspectiva. Luego, al pozo de piedra y a las flores multicolores del prado, y de pronto le viene a la mente el fuego, las llamaradas en la montaña. Ve animales corriendo despavoridos y una columna de humo que sube hacia el cielo nocturno lleno de estrellas, y en medio de todo, ve a Peter y a ella misma... como en una pira.

Si eso mismo les hubiera pasado diez años atrás, habrían meneado la cabeza los dos a la vez. «Quién sabe, no hay mal que por bien no venga...», habría dicho Peter —probablemente— y a ella la habría consolado. Pero Peter ha perdido ese talante relajado. El fino humor que lo caracteriza ahora tiende más hacia el cinismo, y lo que en su día fueran animadas conversaciones han dado paso a una exquisita amabilidad. A lo que se une —y esto es lo peor— que ha dejado de acostarse con ella.

Media hora ha transcurrido desde la llamada. Rahel está de pie junto a la ventana de su cuarto, meciéndose sobre las puntas de los pies descalzos. Lleva el pelo, negro, entreverado de canas, recogido en un moño. La vida del exterior, las voces de la juventud que se reúne en los bancos de delante de la iglesia, le llega como desde lejos. El disgusto la ha dejado sin fuerzas. Cuando vuelve a sonar el teléfono, no se mueve. Con los ojos cerrados, espera que pare.

Pero no para.

Echa un vistazo a la pantalla: es Ruth. Inconscientemente, endereza la espalda, carraspea, examina la expresión de su cara en el espejo que tiene junto al escritorio y descuelga.

Solo con el saludo se da cuenta de que algo pasa... a la voz de Ruth le falta el habitual tono de seguridad cortante. A pesar de todo, va al grano sin rodeos: Viktor ha tenido un infarto hace unos días. Ella ha estado desbordada, por eso tampoco ha llamado antes. Desde hoy, Viktor está ingresado en la clínica de rehabilitación de Ahrenshoop, la previsión son seis semanas. No contaban con que se quedara libre una plaza. Ella también se va para allá, para apoyarlo, se alojará en casa de una amiga común que vive allí, Frauke, la pintora. Claro, están buscando a alguien que se ocupe de su casa y sus animales en Dorotheenfelde. Bien sabe Rahel que ella no es de pedir favores, pero claro...

Se interrumpe, luego retoma la palabra... A ver si Rahel y Peter se podrían hacer cargo las dos primeras semanas. Viktor y ella se lo agradecerían muchísimo.

Rahel ha estado a punto de decir que no. «No, no podemos. Nos vamos a los Alpes». Pero luego se acuerda del incendio, y responde:

—Sí, claro, lo haremos encantados. Y si quieres, podemos quedarnos tres semanas.

* * *

Peter guarda silencio. Menea la cabeza, levanta las manos en gesto de desesperación.

—¡No me lo puedo creer! —alcanza a decir por fin—. ¿Qué probabilidades tiene uno de haber alquilado la casa de vacaciones que arde en un incendio justo antes de ir?

Luego, con la cabeza gacha, se va a su cuarto, enfrente del de Rahel. Antes era la habitación de Selma. Al irse ella, la ocupó Simon, pero al abandonar el nido también él, se la ha apropiado Peter. El dormitorio que en tiempos fuera de Simon sirve ahora como cuarto de invitados, y el antiguo despacho de Peter se lo ha quedado Rahel. Este nuevo reparto de los espacios de la casa lo hicieron nada más irse Simon. Estuvieron un tiempo buscando un piso más pequeño, pero todos los que les habrían valido, al final, salían más caros aun teniendo menos metros, y estaban peor situados. Su zona de preferencia abarcaba de la Neustadt, el barrio nuevo en la orilla norte del Elba, hasta el borde de Radeberg, pues desde allí tardaban igual de poco en llegar a las praderas que bordean el río como a las landas de Dresde; a eso no querían renunciar.

Por el momento, Rahel respira hondo. Todavía no sabe cómo contarle a Peter que ha dicho que sí a lo de Dorotheenfelde. Va hacia la ventana, asoma casi medio cuerpo, se queda mirando a la gente que pasa y, de pronto, oye la voz de Peter a su espalda.

—¿Y ahora qué hacemos, hum? —pregunta.

Peter se sienta en la *chaise longue* de color azul noche que Rahel compró hace poco.

Ella retrasa la respuesta, pero al final sucumbe a su pragmatismo:

—Nos vamos a Dorotheenfelde, en la Uckermark, mañana mismo.

La sonrisa se le descompone, no es capaz de sostenerle la
mirada a Peter. Con la mirada fija en la laca de las uñas de
los pies, le cuenta la llamada de Ruth. Peter responde con un
ruido, como si se hubiera atragantado.

—Así, sin preguntarme a mí... —dice, mientras se levanta—. A ese punto hemos llegado, pues vaya.

Rahel nota los pies como pegados al suelo, tampoco la lengua se le despega del paladar, y Peter sale del cuarto con gesto
derrotado.

Ahora se sienta en la *chaise longue* ella, en el mismo sitio
exacto del que acaba de levantarse él. Luego se estira y se tapa
los ojos con un brazo. Mira en su interior y, al instante, desea
no haberlo hecho.

Más tarde, mientras saca ropa del armario al azar y la mete en
la maleta, piensa en Ruth. Le parece estar viendo la cara de su
amiga. Con los años, han ido surgiendo pequeñas alteraciones
en la simetría de sus rasgos, y eso que Ruth nunca se muestra en público si no es arreglada y perfectamente compuesta.
Sobre todo en los días malos, esa perfección exterior es su ar-
madura contra los azotes del mundo. De siempre, esa actitud
parece haberse transmitido también a Rahel. Rahel jamás se ha
relajado en presencia de Ruth, ni se ha presentado mal vestida
o ha descuidado un solo movimiento. Esa férrea disciplina era
fruto de los años que pasó Ruth en la Escuela Superior de Danza. Ella y la madre de Rahel, Edith, empezaron sus estudios en la
Palucca al mismo tiempo, de niñas. Edith lo dejó tres años más
tarde, Ruth continuó. Su amistad perduró hasta la edad adulta.

La relación que tiene Rahel con Viktor y Ruth es inquebrantable y tiene tantos años como ella misma. En su casa de

Dorotheenfelde, Rahel encontraba paz. La turbulenta vida de Edith, cuya consecuencia había sido para Rahel y su hermana Tamara una infancia marcada por múltiples mudanzas de un barrio a otro de Dresde y varios cambios de colegio, además de varios padrastros, había sido como una tormenta en alta mar, y aunque Dorotheenfelde tampoco fuera nunca un puerto duradero, allí siempre habían vivido épocas de calma que les habían hecho mucho bien. Durante los días en Dorotheenfelde, Edith y Ruth eran inseparables. El vínculo entre las amigas era muy estrecho a pesar de sus grandes diferencias, y cuando, unos años atrás, el cáncer se había manifestado por tercera y última vez en el cuerpo de Edith, Ruth había acudido para quedarse con ella. Hasta el final.

* * *

Hacen el viaje en coche sin ninguna parada. Tres horas y trece minutos según el navegador; a Peter le parecía un tiempo razonable.

Durante el camino, Rahel llama a sus hijos, poniendo el móvil en modo altavoz. Selma tiene en brazos a Max, presa de una rabieta. Sus lloriqueos no dejan oír a Selma.

—Siento un montón que tengáis que pasar las vacaciones en otro sitio, mamá —se la oye gritar por el teléfono—. Si luego tengo un minuto libre, a medianoche, lo aprovecharé para compadecerme de vosotros.

Después cuelga.

Peter se apresura a intervenir en tono conciliador:

—Déjala. Tiene dos niños pequeños de los que ocuparse.

—Y un marido que se dejaría cortar las dos piernas por ella.

—Suena como si te diera envidia.

Rahel decide no replicar y marca el número de Simon.

—¿Nos apostamos algo a que no lo coge? —se sonríe Peter.

Es su primera sonrisa en días, y aunque a Rahel no le hace demasiada gracia el motivo, siente cierto alivio. Al pitido número trece, cuelga ella.

—¡Para qué tendrá teléfono este hijo! —protesta.

—Estará por la montaña, en alguna de sus salidas.

Rahel asiente con la cabeza y devuelve el teléfono al bolso.

Al poco de pasar el cartel de señalización de la carretera, giran a la derecha por el camino que conduce al pueblo. La indicación de «calzada sin salida» está descolorida y algo ladeada. Antes de que le quitaran definitivamente el carnet, Viktor le había dado algún que otro golpe con el coche. Avanzan traqueteando por el viejo camino de adoquines entre los cuales crece la hierba a su libre albedrío, luego por fin se acaba la parte empedrada y llegan al camino de gravilla y arena que sube a la pequeña colina.

Ruth los espera a la entrada de la finca. Alta y toda tiesa, con un vestido muy escotado que acentúa su imponente delantera. Como si no pasara el tiempo por ella, y eso que le falta poco para cumplir los setenta. Rahel se baja y va a su encuentro, en tanto que Peter entra al patio con el coche y aparca.

Unidos al edificio principal, a la izquierda, están los establos; a la derecha hay un cobertizo de tamaño considerable. Al terminar la guerra había servido de alojamiento a los refugiados, luego albergó la administración de la cooperativa agrícola local y, en los primeros tiempos de la RDA, Viktor y Ruth compartieron con dos familias más lo que fuera la antigua vivienda del administrador... con estufa de leña y baño fuera, en la típica caseta. A principios de los años setenta se había ido la primera familia, y a principios de los ochenta, la segunda.

Tras la caída del Muro, Viktor y Ruth habían comprado la granja, para entonces en un estado próximo a la ruina, y habían ido arreglándola poco a poco a lo largo de muchos años. Ahora empieza a venirse abajo de nuevo.

Ruth se suelta del abrazo.

—Mujer, que estoy toda sudada... —dice, y echa a andar para saludar también a Peter.

Sobre la mesa del jardín hay una frasca de agua, una bandeja con una tarta, protegida de los insectos con una campana de rejilla, y un termo. Ruth les sirve y empieza a contarles cosas de Viktor. Mientras habla, Rahel se pregunta si algún día hablará ella de Peter con el mismo cariño. De las palabras de Ruth se desprende lo unidos que están, y Rahel siente la mirada de Peter clavada en su persona.

Después del café, sacan el equipaje del coche y siguen a Ruth escaleras arriba. En el primer piso, les indica una habitación a la derecha, al final del pasillo.

—Mejor dormís en esa, que tiene orientación noroeste. Es la más fresquita. O, bueno... —y señala en la dirección opuesta— también podéis instalaros en la del fondo. Esa da al suroeste y se ve el lago entre los árboles. Pero para qué digo nada, si lo conocéis todo de sobra.

Luego da media vuelta y baja las escaleras. Sin mirarse, cada uno se dirige a una habitación distinta: Peter al noroeste, Rahel al suroeste. Cierran sus respectivas puertas sin hacer ruido.

Más tarde, Ruth les da indicaciones de todo. Solo regar todas las plantas que tienen ya requiere una hora larga al día, el agua la tienen en los barriles que recogen la lluvia, dispuestos alrededor de la casa. El taller de Viktor está en la parte delantera del cobertizo, pero no entran. En los últimos años, les cuenta Ruth, casi todo lo que hace son obras de formato pequeño. Ha perdido mucha fuerza física, aunque ni sus habilidades manuales ni su imaginación han ido a menos en absoluto.

Los animales son la parte más difícil. Ni Peter ni Rahel han tenido que cuidar a ningún animal en su vida. Ahora están en sus manos el bienestar de un caballo, unos cuantos gatos, una docena de gallinas y una cigüeña incapaz de volar. Vuelven a dar una vuelta completa a toda la granja. Siempre se tiene que quedar abierta una ventana del establo, para que las golondrinas puedan entrar y salir volando a placer. En el jardincillo para las gallinas de detrás del establo hay manzanos que dan muchísima fruta. La malla del gallinero está remendada de mala manera en varios sitios. Por todas partes hay montones de cosas por hacer. Los numerosos rosales que crecen a lo largo de la pared del granero que da al patio hace mucho que no se podan, las uvas que cuelgan de las parras de la pérgola del establo se están secando, Rahel cuenta tres ventanas rotas durante el recorrido, y por todos lados hay hojas secas y ramitas sin recoger desde el año pasado.

Ruth hace como si todo marchase estupendamente.

De repente, mira de reojo al cielo.

—Van a ser las siete —dice—. Hora de cenar.

Cenan en el patio, en una mesa puesta con mucho gusto, al tiempo que la creciente oscuridad engulle los signos de la decadencia. Hay *soljanka*, pan, vino tinto y agua, y, en un momento de máxima satisfacción, Peter suelta con el acento de Sajonia más exagerado:

—¡De categoría, camaradas!

Ruth se echa a reír a carcajadas, contagiando a Rahel, y las dos repiten a coro: «¡De categoría!», y a Rahel le viene a la memoria un recuerdo, como un chispazo.

No hará mucho, dos años quizá, también estaban sentados a aquella mesa con Viktor y Ruth y Simon, y cenando *soljanka*, pan y vino. Simon no bebía y, como Viktor le preguntó, él le explicó el porqué. Rahel y Peter ya lo sabían. Tras terminar la carrera de Educación Física en la universidad militar, su hijo quería presentarse a la prueba de ingreso para ser guía de montaña del ejército alemán. Requería entre dos y tres años de preparación. Escalar y esquiar al más alto nivel por las zonas más escarpadas y difíciles de la alta montaña eran una parte de la formación, pero también exigían resistencia y una gran fortaleza mental. No beber alcohol ya era el primer paso para Simon. A Rahel ya le había horrorizado la propia decisión de su hijo de hacer la carrera militar. Imaginárselo, además, dando órdenes a una tropa de alta montaña supuso un segundo *shock*. Por más que Simon le insistiera en que a él todo aquello le atraía esencialmente como reto deportivo, a ella no la tranquilizaba nada. Aquel día, a Viktor le había convencido igual de poco.

—Y luego, en una emergencia, te rompes la crisma por este país —había dicho—. No te lo agradecerá nadie.

A veces, a Rahel le da hasta un poco de miedo su amiga. Como si le hubiera leído el pensamiento, en ese instante, de golpe, Ruth le pregunta por Simon:

—Sigue en Múnich, en la universidad militar —responde Peter.

—Aún no me ha devuelto la llamada, nuestro oficial en ciernes —murmura Rahel mirando el móvil con preocupación.

Luego abre la carpeta de fotos, la mayoría de las cuales son de sus hijos o sus nietos, aunque los comentarios de Ruth no pasan de ser fórmulas de cortesía. En los momentos adecuados, dice con voz grave «aah» y «ooh» y «qué bien», pero enseguida se le vuelve a quedar la mirada perdida, y su risa no suena auténtica. Se tapa la boca con la mano para disimular un bostezo y les anuncia que al día siguiente quiere salir temprano.

—No hace falta que os levantéis conmigo. Nos despedimos ahora y ya está —dice con la determinación que la caracteriza.

SEMANA I

Lunes

Cuando Rahel se levanta, son casi las ocho. Al parecer apagó el despertador, pero no lo recuerda. Mucho no ha dormido. Hasta la una de la madrugada no le llegó un mensaje de Simon respondiendo al suyo.

«Hola, mamá, siento de verdad que no haya salido lo de Baviera. Me habría pasado a veros seguro y os habría enseñado algunas rutas bonitas. Nada, otra vez será. Yo bien. Entrenando en los montes del Karwendel. Da recuerdos a todos de mi parte :) Simon».

De entrada, el mensaje la tranquilizó, aunque era consciente de que el riesgo siempre acompañaría a su hijo. Los demonios nocturnos la habían hecho imaginar su cuerpo estampado contra el suelo en la montaña.

De cuando en cuando, Rahel atiende casos así en la consulta: una madre a la que le han atropellado a su único hijo en un cruce, o un padre que ha visto a su hija hundirse en las aguas del Báltico. Se quedan sentados frente a ella como luces apagadas, sin ganas de vivir suficientes para seguir adelante, sin fuerzas suficientes para quitarse la vida.

Rahel se levanta, va al baño contiguo y se saca de la boca la férula de descarga. También ella se convertiría en una de esas personas sin ánimo de vivir si le pasara algo a alguno de sus hijos. Decide no pensar en ello, limpia la férula, la guarda en su cajita de plástico y bebe agua del grifo. Luego vuelve a su cuarto, se cambia el camisón por un vestido negro de lino y se asoma a la ventana. Una figura se adentra en el bosque en dirección hacia el lago. Rahel coge las gafas de la mesilla de noche y se asoma otra vez. La persona ha desaparecido, la cigüeña es la única que recorre el muro exterior de la casa a zancadas y con el cuello encogido.

—Culebras, ratones, topos... Vivos, claro —le había contestado Ruth, sin inmutarse en absoluto, a la pregunta de qué comía la cigüeña. Después de regodearse a gusto en las caras de estupor de sus amigos, se le había escapado una sonrisa—. Claro que también le podéis dar pescaditos de los que hay en la nevera. O pollitos y ratones que encontraréis en el congelador. Y si vuelve a llover, podéis coger caracoles de las plantas, de los agaves y los altramuces... la cigüeña os lo agradecerá.

No tiene nombre.

Descalza, Rahel recorre el pasillo hasta la habitación de Peter. Toca a la puerta y espera, toca una vez más y entra. Las ventanas están abiertas de par en par; el saúco cuyas ramas casi se meten dentro de la casa está lleno de gorriones; la cama está vacía, con el edredón bien dobladito encima. Rahel se sienta en el borde y acaricia delicadamente la sábana bajera para sentir el calor de Peter. Pero el tacto es liso y frío.

Encima del escritorio está la pila de libros que se ha traído: *Propaganda* de Steffen Kopetzky, el primer tomo de *Im alten Reich. Lebensbilder deutscher Städte* de Ricarda Huch[1], los *Ensayos completos* de Montaigne, la *Poesía completa* de Tomas Tranströmer, los *Escritos corsarios* de Pier Paolo Passolini y *La emboscadura* de Ernst Jünger.

En el centro de la mesa hay un lápiz recién afilado encima de un cuaderno nuevo, detrás, las gafas y un paquete de pañuelos. Por algún motivo, esta especie de bodegón tan meticuloso conmueve profundamente a Rahel. Sale del cuarto sin dejar rastro y baja las escaleras.

Entra en la cocina sin saber muy bien qué hacer. Lo que daría en ese momento por un capuchino de su máquina de casa, con su espuma de leche y una pizca de azúcar moreno. Va de un lado para otro, abriendo armarios, y empieza a vislumbrar cierto orden en el aparente caos de Ruth. Cafetera en condiciones no hay, solo una de émbolo. A Ruth y Viktor les encanta el té verde. El gran surtido de teteras, tés y cuencos despertó la atención y el entusiasmo de Peter nada más llegar.

Rahel lava la cafetera con agua caliente y encuentra café molido en una lata negra. Lo olisquea, parece reciente. Luego oye cerrarse la puerta de la casa y, enseguida, los pasos de Peter en la entrada. De buen humor, entra por la puerta y le cuenta que viene de bañarse en el lago.

—Así que la persona del bosque eras tú —dice Rahel.

Él asiente con la cabeza.

---

[1] En realidad, el título es *Lebensbilder mecklemburgischer Städte* [*En el antiguo Reich. Imágenes de la vida en ciudades de Mecklemburgo*], de 1931. Ricarda Huch (1864-1947) fue una de las primeras historiadoras en lengua alemana, candidata al Nobel de Literatura siete veces por su obra narrativa, poética y ensayística, aunque nunca recibió el premio y su obra apenas está traducida. *(N. de la T.)*

—He estado nadando completamente solo en ese lago inmenso.

—¿Quieres que haga un té? —le dice, poniéndole la mano en el brazo.

—No, ya me lo preparo yo.

Al tiempo que Peter descubre fascinado que el hervidor de agua tiene un termostato gracias al cual se puede hacer el té a 70 grados exactos, Rahel pone a hervir avena para un *porridge*. Entretanto, se reparten las tareas: Peter, que en su vida se ha interesado por los animales y siempre negó a sus hijos tener una mascota, por mucho que rogasen y suplicasen, anuncia para sorpresa de Rahel:

—Yo me hago cargo de los animales.

Ella se alegra. Prefiere el jardín.

Peter se apresura a abandonar la mesa del desayuno. Rahel lo ve dirigirse al establo, de donde sale al poco rato con el caballo del ronzal.

Es una yegua roja de veintitrés años que se llama Baila. Viktor y Ruth la adoptaron cinco años atrás, porque por una lesión dejó de servir para las competiciones de salto. Baila trota detrás de Peter y parece no tener registrado lo que significa que alguien la lleve de las riendas. Se para una y otra vez, clavando los cascos en el suelo. Los tirones de las riendas y las buenas palabras le sirven de poco. De pronto, Peter agarra la cincha, la desenrolla y, con la punta, le da un azote en el trasero a la díscola yegua, que ahora sí se pone en movimiento y marcha obediente a su lado.

Un poco después, Rahel observa a Peter dando de comer a la cigüeña. Le lleva un pescado en un recipiente de plástico al que el animal echa el pico con ansia. A las gallinas las ha sacado y dado de comer Ruth antes de marcharse, y también los gatos parecen bien comidos y satisfechos. Dormitan o vagabundean por el patio o se meten en la casa por una gatera y se distribuyen por la planta baja.

Rahel deja en la cocina los cacharros del desayuno y sale. Coge una regadera, pero los barriles de agua de lluvia están vacíos. También en esa región son los veranos cada vez más calurosos, secos y polvorientos. En los bosques se mueren los pinos y las hayas, y ya en agosto parece que fuera otoño. Abre el grifo que hay en la pared junto a la puerta de la casa, desenrolla la manguera y empieza por las plantas que, en su opinión, tienen más posibilidades de sobrevivir. Hibiscos, rosales, un rododendro, hortensias de distintos tipos, caléndulas y hostas se quedan chafadas, pero al cabo de un rato se ven todas lozanas de nuevo. Rahel no se explica cómo son capaces de ocuparse de la casa y la granja entre Ruth, casi septuagenaria, y su marido, y no quiere ni pensar en qué pasaría si no se recupera.

Hasta la hora de comer, Peter se mantiene ocupado. Rahel ha sacado de la nevera cuanto había en el cajón de la verdura para extenderlo sobre la mesa de la cocina, ha tirado a la basura lo que tenía moho y ha decidido hacer una sopa con el resto. Pan queda, abundante. Pone la mesa en el patio, abre la sombrilla, echa agua en el enfriador de barro hasta que cambia de color y escoge un Borgoña blanco de entre los vinos que se han traído.

En la nevera aún encuentra dos salchichas de cordero que, con un suspiro, cederá a Peter. Desde hace tiempo come menos para guardar la línea.

Durante la comida, Peter anuncia que esa tarde saldrá a dar un paseo largo con Baila. Ruth ha dejado dicho que la yegua tiene que moverse por lo menos una hora al día. Peter no mira a Rahel mientras habla y tampoco le pregunta si quiere acompañarlo.

Al recoger la mesa, se le cae al suelo una copa. Se hace añicos contra el suelo de piedra, a la entrada de la casa. Él se queda como paralizado, con la mirada fija en los cristales repartidos por el suelo. Pasa varios segundos sin moverse, solo mirando, y es esa mirada la que retiene a Rahel en lugar de ir a ayudar. Se vuelve hacia otro lado. Un rayo de sol le da en la cara, cierra los ojos. Cuando los vuelve a abrir, Peter está agachado, barriendo los cristales con un cepillo de mano.

Peter sale a pasear con Baila, Rahel deambula por la casa. Más de ciento cincuenta años lleva en pie esa casa, como un organismo con sus propias leyes, acogiendo a gente nueva una y otra vez, envuelve a las personas, las incorpora a su ser, las penetra, ejerce su influencia sobre ellas y, en último término, también a través de ellas.

La madera natural del suelo muestra profundos arañazos, las baldosas de terracota de la cocina están unas desconchadas y otras agrietadas. No queda una sola superficie limpia de objetos. Todo espacio horizontal, todos los alféizares, poyetes, cómodas o mesas tienen encima torres de artículos de prensa, catálogos de exposiciones, libros, fotos, CD, papeles con anotaciones, bocetos y ejércitos de figuritas de madera para los niños que Ruth nunca tuvo.

Rahel reconoce las que Viktor, en su día, talló para ella. Una —un elfo— se la lleva de compañera en su periplo por la casa.

Cuando suena el teléfono en el pasillo, duda un momento. Ruth no le ha dado instrucciones para cuando llame alguien. El aparato es nuevo. Al lado están las instrucciones y el *ticket* de compra. Antes de que salte el buzón de voz, descuelga.

—Hola, Rahel —dice Ruth—. He llegado bien a la clínica, Viktor te manda muchos besos. Me lo ha dicho tres veces, se ve que para él es muy importante.

—Gracias. ¿Cómo está?

—Como cabe esperar con lo que le ha pasado. Oye, tengo que colgar otra vez, que está pasando un médico con el plan de terapia. Dime en un momento, ¿cómo están los animales?

—Bien. Muy bien. No te preocupes, lo tenemos todo controlado.

—Me alegro. Volveré a llamar. Adiós, querida, y dale recuerdos a Peter.

—Lo haré.

Después de colgar, a Rahel le vienen a la mente todas las preguntas que tendría que haber hecho.

¿Dónde está el aspirador? ¿Cuándo recogen la basura? ¿Quieres que te mande el correo?

Se queda un momento quieta junto al aparato, luego se guarda el elfo en el bolsillo del vestido, sale de la casa, atraviesa el patio y abre la puerta del taller de Viktor.

Al fondo de la nave, donde no llega la luz del sol, hay una escultura de tamaño natural encima de una peana. Es una mujer desnuda, con las piernas ligeramente abiertas, el cuerpo y los brazos hacia atrás. Una postura de bailarina o también una expresión de dolor tremendo. Rahel se acerca y se estremece: entre las piernas, justo debajo del pubis, ha tejido su red una araña enorme. Con tanta repulsión como atracción, observa al animal que, de pronto, se esconde.

Rahel coge una silla para subirse y contemplar mejor la cara de la escultura. No hay duda, es Ruth. No la Ruth de ahora, sino Ruth de joven, Ruth antes de casarse, cuando era bailarina, musa del artista Viktor Kolbe.

En la pared de la derecha, todos colgados en orden, están los cinceles. Habrá por lo menos cien. En un banco de trabajo hay una caja abierta con cuchillos de tallar madera y, al lado, varios trabajos empezados, casi todos de tema religioso, al

DANIELA KRIEN

parecer. También hay un libro: *Relatos de un peregrino ruso*[2]. En un papel, con la expresiva caligrafía de Viktor, se lee: «Orad sin cesar» y «Señor Jesucristo, apiádate de mí»[3].
Asombrada, Ruth hojea un poco el libro del peregrino ruso. Que ella sepa, Viktor no es creyente. Lo devuelve a su lugar y sale del taller en un estado de ánimo extraño, como angustiada.

Coge una toalla de su cuarto, se la echa por los hombros y toma el camino que lleva al lago. Le llega el vocerío de adolescentes desde una zona de baño que hay en la orilla opuesta, pero en su lado está ella sola. Como era costumbre en la Alemania Oriental, se baña desnuda. El agua fresca y limpia envuelve su cuerpo, y ese momento de sumergirse es el que ella adora, el momento en que desaparecen los ruidos terrenales y tan solo la rodea el silencio absoluto.

De regreso, trata de figurarse qué estarían haciendo ahora Peter y ella de haber ido a Baviera. Pero no le viene ninguna imagen.

Peter está sentado en el patio, en un banco a la sombra. Se ha tapado la cara con el sombrero y parece dormir con los brazos cruzados. Al acercarse Rahel, levanta la cabeza.

Permanecen sentados uno al lado del otro, sin rozarse. Contándole su paseo con Baila, Peter la hace reír. Al principio, la yegua había fingido estar coja. Luego se iba parando todo el rato, luego levantaba la cabeza o se ponía a comer hierba del camino. Durante el trayecto de vuelta, en cambio, había decidido trotar y entonces le había costado a él seguirle el paso.

---

[2] De autor anónimo, publicado en 1865, es una de las principales lecturas del cristianismo ortodoxo. *(N. de la T.)*
[3] Tesalonicenses, 5: 17-18 y Lucas 18:13 respectivamente *(N. de la T.)*

Justo cuando Rahel va a contarle lo que ha descubierto en el taller, se pone de pie y dice:

—Voy a echarme un rato.

—Está bien —responde ella, pensando que no es así.

* * *

Antes de cenar, Rahel clava clavos de olor en la pulpa de un limón cortado en dos y lo deposita sobre la mesa del patio para ahuyentar a las avispas. En la nevera encuentra un resto de cecina, un pequeño queso fresco de cabra y unas aceitunas. Mañana tienen que ir a la compra con el coche sin falta. Le apetece vino tinto, pero la perspectiva de dormir mal después le quita las ganas de abrir la botella.

Sale de la cocina con las cosas en una bandeja, pone la mesa y ve salir de la casa a Peter. Lleva tres latas grandes de comida para gatos que reparte en varios comederos. Luego se sienta en el suelo a unos metros de distancia para ver comer a la jauría. Un gatito pelirrojo al que le falta una oreja no consigue llegar a la comida. Peter espanta a los otros, coge uno de los comederos y al gatito y se lo lleva a una buena distancia para que coma sin que lo molesten, bajo su vigilancia.

—Estás minando la jerarquía de la manada —le dice Rahel.

Peter asiente con la cabeza y se le nota encantado de hacerlo.

Después de cenar, empuja su plato hasta el centro de la mesa, da un gran trago a su cerveza, deja la botella, estira las piernas y cruza las manos en la nuca... una postura que Rahel ha visto en muchos hombres, pero, desde luego, jamás en la vida en Peter.

—En el fondo, qué bien que no saliese lo de Baviera, ¿no?

Y, a pesar de que a Rahel se le ha ocurrido lo mismo, le replica:

—Pues no. No sabría decirte qué puede tener de bueno.

Él la mira muy serio. Luego vuelve a sentarse derecho, se da prisa en apurar la cerveza y empieza a recoger la mesa.

Rahel se queda sentada en el patio hasta que sus ojos se acostumbran a la oscuridad. La luna da la suficiente luz como para reconocer los contornos de las cosas y ver pasar los numerosos murciélagos. Ese día y los siguientes, las Perseidas alcanzarán su altitud máxima. Cuánto le gustaría a ella ponerse a contemplar ese cielo con Peter... y luego, a lo mejor, acostarse con él. Sus negativas la atormentan.

Ya antes del incidente de la universidad había intuido ella algo. Por la manera en que se desarrollaba el sexo entre ellos y porque la iniciativa casi siempre era suya. En varias ocasiones, sus pacientes le habían contado cómo en sus parejas se había perdido la sexualidad. El amor se convertía en cariño de amigos, y, llegados a ese punto, es raro que haya vuelta atrás.

Peter, además, justo después del orgasmo, se ponía a hablar de cualquier tema que le preocupara. Y luego la miraba con esa extraña dulzura indulgente. Miradas sin deseo con las que el cuerpo de Rahel languidecía al instante. Luego, cuando le llegaron a ella las primeras señales del climaterio, empezó a sufrir unos cambios de ánimo de manual de psicología. Había tenido momentos de llamar a Peter a la facultad, ardiendo de deseo, para seducirlo y que viniera a casa corriendo. Otros días, en cambio, no soportaba que la tocase. A veces le entraban ganas de acostarse con él varias veces al día, y cuando él empezó a resistirse a sus demandas, le preguntó con temor si es que tenía un lío con alguien.

—¡Por Dios, Rahel! —había exclamado él—. ¡Para empezar, no me resulta muy excitante que se me ponga la presa delante de la escopeta de esa manera y, segundo, hay personas para las que el sexo no tiene esa importancia!

Así se habían quedado las cosas. Rahel pasó unas semanas enfurruñada y, durante cierto tiempo, consideró tomar un tratamiento de hormonas para mitigar aquellos arrebatos. Pero, siendo honesta consigo misma, quería sentirlo todo. Las lágrimas que parecían brotar de la nada, el desánimo que se adueñaba de ella, los sofocos, la euforia por el simple hecho de estar viva o el hambre de estar con su marido.

A veces no era hambre de estar con él, sino necesidad pura de estar con cualquier hombre.

Martes

Por la posición del sol tiene que ser media mañana. Otra vez se le han pegado las sábanas, y Rahel tiene la sensación de que le han robado un pedazo de vida. Se alisa el vestido de lino negro de ayer e intuye que también será el atuendo de los días siguientes. Al ponérselo, el elfo se sale del bolsillo y cae al suelo. Se le ha roto un ala. Con cuidado, la deposita en la mesilla de noche, acuesta al elfo al lado y piensa en Viktor. Su interés por ella saltaba a la vista; a su hermana Tamara, en cambio, la trataba más bien con indiferencia. Una vez que Ruth le preguntó, él dio la escueta explicación de que Tamara tenía padre, pero Rahel no.

En la cocina hay té frío. De Peter, ni rastro, lo cual en ese momento supone un alivio para ella. Hace café, se unta medio bollo de pan con mermelada y se lo come de pie. Sin saber decir un motivo concreto, vuelve a sentir la atracción de entrar en el taller de Viktor. Con cuidado de no derramar el café, cruza el patio con la taza en la mano y va directa hacia al banco donde está el libro. «Señor Jesucristo, apiádate de mí». Repite la oración varias veces, entonándola de distintas formas hasta encontrar un ritmo. «Señor Jesucristo, apiádate de mí, Señor Jesucristo, apiádate de mí, Señor Jesucristo, apiádate de mí,

Señor Jesucristo, apiádate de mí, Señor Jesucristo, apiádate de mí».

No nota efecto alguno.

Al lado del banco de trabajo hay un armario archivador con la obra gráfica. En el cajón de arriba hay dibujos al carbón de animales, sobre todo de caballos y gatos. En el segundo, Rahel encuentra lápices de distintos tipos, una cajita de cartón con carboncillos, blocs de dibujo, un paquete de tabaco con filtros y papel de fumar, velas y mecheros. El tabaco aún está húmedo, no puede tener mucho tiempo. ¿Lo sabrá Ruth?

Abre un cajón más: un montón de dibujos de un torso femenino en distintas posturas. Examina uno tras otro. La mayoría son bocetos muy rápidos, pocos de ellos parecen trabajados a fondo. El último es de una cabeza y una cara: es Edith, la madre de Rahel.

Al lado, otro montón. Los dibujos muestran a una niña, y la niña es ella.

Pasa minutos con la mirada clavada en esos dibujos. El contenido de ese cajón no era para los ojos de nadie. Se siente, al mismo tiempo, como un ladrón y como una persona a la que le han ocultado lo que le pertenece.

Con manos temblorosas, Rahel saca el tabaco del otro cajón. Coge un papel y se lía el primer cigarrillo en más de veinte años. Sin embargo, antes de encenderlo oye los cascos de Baila sobre el empedrado del patio y, a continuación, a través de la ventana, la ve. La yegua se para, golpea el suelo varias veces con la pezuña derecha y resopla. Viene con las cinchas colgando, de Peter no hay ni rastro. Rahel deja a un lado el cigarrillo y sale al patio a toda prisa.

Peter llega trotando al cabo de unos cinco minutos. Menea la cabeza y se ríe.

DANIELA KRIEN

—Me he tenido que atar el zapato y ya se me ha escapado. Luego agarra la cincha y empieza a soltarle un discurso a Baila.

«Si conmigo hablara la mitad de eso...», piensa Rahel y lo sigue con la mirada mientras él conduce a Baila al prado.

Después de un breve baño en el lago, Rahel vuelve a la casa. Alberga la esperanza de encontrar a Peter en su cuarto. No para de darle vueltas a lo que ha descubierto en el taller; las preguntas que le han surgido le parecen espantosas, y la única persona que podría responderlas está en una clínica de rehabilitación en el Báltico, vigilado por su atenta esposa.

Aunque lo que quiere hablar con Peter es otro tema.

Se recoge el pelo en un moño como sabe que le gusta a él, dejándose unos mechones laterales sueltos, se da un toquecito de pintalabios y máscara de pestañas y se mira un rato en el espejo. En sus días buenos, nadie le echaría los cuarenta y nueve años que tiene.

A cada paso en dirección al cuarto de Peter aumenta su cautela. La añosa tarima cruje, y antes de tocar a la puerta, él ya dice:

—Pasa.

Está sentado al escritorio con un libro abierto, se vuelve hacia ella y se quita las gafas.

—Peter, ¿qué nos está pasando?

Él le señala la silla que hay junto a la cama.

—Siéntate al menos.

Rahel siente gotas de sudor frío axilas abajo, trata de adivinar algo fijándose mucho en la cara de Peter. Ve con claridad cómo él busca las palabras.

—Peter, por favor.

38

—Es que me pillas completamente desprevenido, Rahel. No quiero decir nada equivocado, yo... ¿No podemos hablar más tarde? ¿Después de comer? Muy calmada y muy digna, Rahel se levanta y se dirige a la puerta. Aún es capaz de esbozar una sonrisa vacía, luego recorre el largo pasillo de vuelta a su cuarto.

Desde hace un año y cuatro meses, Peter pasa la mayor parte de su tiempo a solas. No le cuesta. Lee varias traducciones de la misma obra a la vez para compararlas, ve documentales de animales, programas sobre personajes históricos o viajes, hace rutas en bicicleta por los viñedos de los alrededores de Dresde o se entretiene durante semanas con algún tema escogido con esmero que estudia a fondo, enfocándolo desde las perspectivas literaria, artística y científica. Su tendencia a la meticulosidad raya en pedantería, su distancia crítica se ha convertido en rechazo del mundo.

Aquel jueves en el que su debilitado equilibrio se quebró del todo, volvió a casa antes de la hora habitual. Rahel no lo esperaba. Cuando salió de la ducha, envuelta en una toalla nada más, se lo encontró parado en el pasillo, inmóvil. La mirada que tenía, medio ausente, medio horrorizada, no anunciaba nada bueno, y, en el mismo instante, Rahel supo que la velada no habría de transcurrir como ella deseaba. A pesar de que era su aniversario de boda. El vigésimo octavo.

—¿Qué pasa? —le había preguntado, sin poder ocultar una ligera irritación en el tono de voz.

En los últimos tiempos, era frecuente que «pasara algo» cuando Peter volvía a casa. Casi a diario se enrabietaba por la cantidad de estudiantes que le habían declarado la guerra a la ortografía y la gramática, por lo poco que leían o porque no tenían ni idea de historia.

Ante sus vituperios, Rahel ponía los ojos en blanco. Ella era demasiado pragmática como para perder energía indignándose así por cosas que no tenían arreglo y, aunque comprendía que la gente como Peter sufriera, tampoco andaba sobrada de paciencia.

—Bueno, hombre, bueno, voy a abrir un vino —dijo para romper su silencio.

Él meneó la cabeza para indicar que no quería. En la cocina, se sirvió un vaso de agua que se bebió de un trago.

—Este mundo ya no es mi mundo, Rahel —constató mientras miraba por la ventana.

La media hora siguiente la pasó Rahel sentada con él a la mesa de la cocina, con el pelo mojado y los pies fríos. Con una precisión agotadora, Peter le contó el incidente; ella lo escuchó con las piernas encogidas encima de la silla.

En el seminario que impartía, con el título «Roles de género en la literatura del siglo XIX», Peter había dado una lista de bibliografía muy amplia. Algunos de los matriculados hasta protestaron por la extensión, justificando su rechazo con el argumento de que, a fin de cuentas, la conclusión era que no había más roles que los de hombre o mujer. Una concepción binaria en la que ya nadie creía. Bastaba con leer uno de aquellos libros, o unos pocos fragmentos, para darse cuenta. Peter replicó que estudiar sobre la base de fragmentos o de un único ejemplo bibliográfico iba en contra de los principios universitarios. Y que, aun cuando, después de leer todo, la conclusión fuera que predominaban unos clichés ya superados, siempre surgirían cuestiones interesantes. Por ejemplo, se podía debatir si tales clichés encerraban algo de verdad. Se podían desarrollar hipótesis y someterlas a discusión. Él plantearía la tesis de que las mujeres priorizaban otros valores y objetivos.

A diferencia de los hombres, el afán de poder en sí mismo, por ejemplo, solía inspirarles rechazo, lo cual hacía patente una diferencia sumamente curiosa con respecto al número de narcisistas hombres en posiciones de poder. Ahí, se había armado un revuelo entre un corrillo de estudiantes como Peter no había vivido jamás en todos los años de docencia que llevaba. Sobre todo lo atacó con vehemencia una persona: Olivia P. Le dijo que era un chauvinista de lo más venenoso por elogiar de las mujeres que no tuvieran sed de poder en lugar de reforzarlas en su sed de poder. Peter replicó de inmediato, dirigiéndose a ella como «Señora P.», resultado de lo cual obtuvo por respuesta un bufido furioso: «¡Soy una persona no binaria!». Por un instante, Peter realmente se quedó sin habla, luego revisó la lista de participantes en el seminario y añadió que allí figuraba inscrita como «Sra. Olivia P.». Olivia P. estalló. ¿Acaso el profesor se negaba a reconocerle el derecho a no ser ni una cosa ni otra? En absoluto, se defendió él, lo único que había dicho era que en la lista figuraba como mujer... el resto fueron puros gritos.

Peter le describió a Rahel hasta el último y minimísimo detalle de lo sucedido.

—¡Por favor! —había acabado interrumpiéndole ella; le faltó poco para no llamarlo «tiquismiquis», aunque rectificó a tiempo y prosiguió—: Quién sabe la historia de sufrimiento que lleva a las espaldas esa persona. Pues llámala como quiera y todos tan contentos.

Peter la miró con perplejidad absoluta. Un nervio de la cara le hacía un pequeño tic. A continuación, se levantó y se fue a su cuarto, donde cerró la puerta sin hacer ruido.

Desde aquel día, entre ambos se hizo el silencio, y Rahel no se enteró de cuanto sucedió después. Hasta una mañana en que encontró un artículo en uno de los grandes diarios nacionales, no fue consciente de cómo había escalado el asunto: «Viejos dinosaurios. Catedrático de Germanística de la Universidad de Dresde niega a una persona transgénero el reconocimiento de su identidad no binaria». Y lo que seguía era un ajuste de cuentas con la antigua Alemania Oriental. Los que en su día habían crecido adoctrinados seguían sin aprender a pensar abierta y libremente. Sus déficits se veían de maravilla en el ejemplo del Prof. Dr. Wunderlich, etc. La retahíla de repugnantes lugares comunes de los que todos estaban ya más que hartos.

Rahel anuló las citas de sus pacientes de la mañana para presentarse en la universidad.

Peter estaba en su despacho. Tenía la silla vuelta hacia la ventana y miraba por ella. Sus brazos descansaban sobre los reposabrazos.

—Ah, eres tú —fue todo lo que dijo a Rahel cuando ella corrió a abrazarlo.

Y luego Olivia P. emprendió lo que llaman un linchamiento digital.

Al principio, la reacción de Peter fue no entender lo que estaba pasando y casi no hacer ni caso; no solo no se defendió, sino que ni siquiera respondió a lo que se había desencadenado en Facebook, Twitter y demás. Pero ahí subestimó la dinámica de los acontecimientos. No tardaron en aparecer por las paredes de la universidad carteles con su cara con frases sacadas de contexto que en algún momento había dicho en sus clases magistrales o en los seminarios.

En la conversación que tuvo con la decana y el vicedecano, estos le echaron en cara el desacierto en el trato a Olivia P.. Decirle que figuraba como mujer en la lista de clase había sido una provocación innecesaria, y la protesta de los jóvenes

en una democracia estaba perfectamente justificada. Todos
tenían la obligación de ir utilizando el lenguaje inclusivo. En
el futuro, a Peter le convenía mostrar un comportamiento
más inteligente y, de momento, dejar que pasara aquel temporal.

—¿Pero sabes lo peor de toda esta historia? —le había preguntado a Rahel con voz cansada, añadiendo la respuesta él
mismo—: Que me apuñalaras por la espalda tú.

Rahel está tumbada en la cama de su cuarto. En el taller la espera el cigarrillo de antes y es el momento idóneo para fumár-
selo. Se sienta y estira la espalda. De camino por el patio se
acuerda de que la nevera está casi vacía y que ya tampoco hay
pan suficiente para mañana. Da media vuelta, toca de nuevo
a la puerta de Peter, espera que le responda y luego abre una
rendija mínima.

—Me voy a la compra con el coche en un momento. ¿Quieres que te traiga algo?

—No. Bueno... —Peter se vuelve hacia ella—. Un trozo de
pescado ahumado estaría bien. Trucha asalmonada o anguila
o lo que haya.

Rahel asiente con la cabeza. Y le hace ilusión que Peter
quiera algo.

A velocidad de peatón, saca el coche del patio. No ha recorrido ni veinte metros cuando sus ojos se posan en una enorme piedra de glaciar que hay al borde del camino, una piedra
que de niña le parecía gigantesca. Una vez, Viktor la había
levantado en brazos para subirla encima y contarle que aquella piedra la había transportado hasta allí un glaciar quince mil años atrás, y después del deshielo se había quedado
allí. También el lago tenía su origen en el agua del glaciar,
como, en realidad, todo aquel paisaje con sus suaves colinas era

resultado de la última glaciación. Era una morrena, o lengua glaciar. Una palabra que a la niña, en su día, le había costado aprender. Y lo de que el lago en que se bañaba tuviera quince mil años de antigüedad le dio mucho asco.

—¡Pues yo en esa agua tan vieja no me meto! —les había anunciado después a Ruth y a su madre, ofendiéndose mucho porque se echaron a reír.

La descomunal piedra sigue siendo imponente, pero como todas las cosas que se racionalizan y se entienden, ya no tenía nada de mágico.

Tarda un cuarto de hora largo en llegar al supermercado. Llena bien el coche para no tener que abandonar la casa en días, y en el trayecto de vuelta se detiene en la pescadería del pueblo, compra trucha y anguila ahumadas y, pensando en la cigüeña, aprovecha para pedir restos de pescado que el pescadero no le cobra. Luego se apresura en volver a casa.

Peter está sentado bajo la sombrilla abierta, hablando con la cigüeña. De cuando en cuando, el animal abre sus alas inservibles, pero no se mueve del lado de Peter. Cuando Rahel apaga el motor, los dos acuden a su encuentro; Peter levanta la puerta del maletero y empieza a llevar la compra a la cocina. La cigüeña se queda junto al coche.

—Traigo pescado —dice Rahel desde dentro y saca el paquete de la bolsa—. Anguila y trucha, recién salidas del ahumadero.

—Estupendo —sonríe Peter—. ¿También te has acordado de *Meister* Adebar?⁴

---

⁴ Así se llama la cigüeña de las antiguas fábulas germánicas, pues el nombre genérico del animal es masculino. Un equivalente podría ser

Como respuesta, Rahel levanta la bolsa con los restos de pescado.

—Estupendo —repite Peter amablemente, le coge la bolsa de la mano y la saca del coche.

Rahel se sienta un rato a la mesa de la cocina. De pronto, se siente muy cansada. Se asoma por la ventana. El sol ya ha pasado su punto más alto. La cigüeña se lanza a comer, mientras Peter mantiene a distancia a los gatos. Rahel no tiene hambre ni ganas de preparar comida. Así pues, una vez guardan la compra, se escabulle por el patio para entrar en el taller.

Está a punto de encenderse el cigarrillo cuando asoma Peter por la puerta entreabierta.

—¿Te parece si hago una ensalada? Para acompañar el pescado.

—Sí, qué bien —se apresta a contestar Rahel.

—¿Preparas tú ese aliño tuyo tan rico? Yo no sé qué lleva.

Rahel deja caer el cigarrillo con disimulo detrás de los libros del banco de trabajo y lo sigue a la cocina.

Peter pone la radio, escucha la voz del locutor que da las noticias en unos segundos, suspira, menea la cabeza y busca otro canal. Pasa la música pop y rock y las cantilenas publicitarias y se detiene en un canal clásico que emite el «Quinteto de la trucha».

—Mejor —constata y empieza a lavar la lechuga.

Rahel vierte aceite y vinagre, mostaza, miel, zumo de limón, pimienta y sal en una ensaladera. Con unas varillas pequeñas lo bate todo hasta que queda como una emulsión y la

---

«Maese Adebar» o incluso «Maese Cigüeña», pero no hay traducciones acuñadas de las fábulas ni sus personajes. *(N. de la T.)*

prueba con el dedo índice. Es el contraste de sabores lo que da chispa a la comida: dulce y salado, dulce y picante, dulce y ácido. Lanza una mirada a Peter y se pregunta por qué no verá que son sus diferencias de carácter las que marcan la atracción entre ellos. Como padres, encajan como dos dientes de un engranaje, y forman el mecanismo familiar que funciona a la perfección y que nunca ha de fallarles a sus hijos. Pero ¡ay, como Rahel se pase un poco de ciertos límites! ¡Ay, como se abra paso su tremenda vitalidad! Entonces Peter se retira al interior de su concha como un caracol y se queda quieto, a la espera. En la literatura le encantan los personajes impacientes y temperamentales. Solo en los libros se acerca a ellos sin sentir esos rasgos como una amenaza.

Rahel coge un cuchillo y una tabla de cortar y se sienta a la mesa a su lado. Peter corta el pepino con esmero y en trocitos todos iguales, casi al milímetro, y así es como lo hace todo. Entre el plan y su ejecución no existe diferencia alguna; las palabras y los actos coinciden con entera fiabilidad. Esa manera de ser enamoró a Rahel hace casi tres décadas. Después de tantos años de caos como llevaba ella, fue como caer en una cama cálida y mullida.

Peter añade sus trocitos de pepino y pimiento a la ensaladera, desenvuelve el pescado y lo coloca en una fuente de porcelana blanca, luego coge platos y cubiertos, vino blanco y copas.

—¿No prefieres que comamos en el patio? —pregunta Rahel, y ya conoce la respuesta.

—Mejor no. Por las avispas.

Rahel asiente con la cabeza casi sin darse cuenta.

—Dicen que el agua las ahuyenta —comenta con precaución.

Peter la mira con gesto interrogante.

—Echándoles agua con un espray. Así se creen que llueve.

—Mira —dice entonces Peter—, mejor comemos aquí tranquilamente y luego salimos a tomar el café en el patio.

—Muy bien.

El triunfo de la razón no anima nada a Rahel. Come sin apetito, deja que Peter se ocupe de recoger la mesa y le dice que va a retirarse a su cuarto para echarse un rato después de comer.

—Como querías hablar... —responde Peter en un tono que es medio pregunta, medio afirmación.

Rahel solo es capaz de devolverle un gesto cansino con la cabeza.

—¿Nos vemos sobre las tres delante de la casa y paseamos un poco?

Peter pregunta en tono cariñoso y a Rahel casi se le saltan las lágrimas.

A las tres en punto sale por la puerta. Recorre el patio con la mirada. Peter está sentado en uno de los múltiples bancos que hay en la finca. Lleva su sombrero panamá y se le ha tumbado en el regazo el gato al que le falta una oreja. Cuando Rahel se acerca, él levanta al gato con mimo y se pone de pie.

Toman el sendero del bosque que lleva hasta la orilla del lago, pero luego giran a la izquierda hacia otro camino más ancho, un antiguo camino hondo que a Rahel ya le encantaba de niña. Hace un día como de seda. Una brisa suave y cálida les acaricia los brazos y piernas desnudos. Peter se ajusta las gafas y se echa el sombrero un poco más hacia atrás.

—Si quieres empezar tú... te escucho.

Aunque Rahel ha pasado toda la siesta perfilando lo que le quiere decir, ahora está perdida. Hace un esfuerzo ímprobo por recordar las frases introductorias. Peter pasea pacientemente a su lado. Rahel da un manotazo a un mosquito que se le posa en la nuca, agarra a Peter del brazo y se detiene.

—¿Tú todavía quieres seguir conmigo?

Ya está dicho. El camino, a esa altura, es tan cóncavo que la espesura del bosque a ambos lados apenas permite ver el paisaje que hay más allá. Las ramas de los árboles se ciñen sobre sus cabezas como un techo grueso.

Él la mira espantado, luego agacha la cabeza.

—Es una pregunta sencilla, Peter. Tendrías que poder responderla.

Peter la mira.

—¿Y tú? ¿Habrías tenido una respuesta clara a esa pregunta en todos los momentos de nuestro matrimonio?

Ella vacila, se ve dos mosquitos en el brazo y al instante les da con la mano.

—Anda, sigamos —dice Peter echando a andar—. Yo no me quiero separar, Rahel, pero ahora mismo no puedo vivir contigo de la forma en que quieres que viva.

—¿A qué forma te refieres?

—A la forma en su conjunto.

—¿Y eso qué se supone que quiere decir? —pregunta ella incisivamente y, de nuevo, le corta el paso.

Peter da un paso atrás.

—Sabes perfectamente a lo que me refiero.

Sí, claro que lo sabe, pero no está dispuesta a ahorrarle verbalizarlo.

En la consulta también exige a sus pacientes que verbalicen el problema por el que acuden a ella. Lo que no se puede formular con palabras es seguro que no se resuelve. Ese principio también es válido para Peter.

—Ya no puedo acostarme contigo —dice él.

Rahel escucha en silencio las explicaciones que siguen. Todo aquel asunto de Olivia P., aquella tortura de la facultad, el odio, la vulgaridad... aquel cúmulo de horrores había supuesto una profunda conmoción para Peter y, cuando llegaba a casa destrozado, ella se había burlado de él... ahí, algo en su interior se había roto.

Peter suspira.

—Yo te necesitaba en aquellos días. Pasé semanas sintiéndome como un extraño en mi propia casa, con mi propia mujer. Y el deseo... se apagó sin más.

—¿Y ahora qué? —pregunta Rahel en voz baja—. ¿Seguimos viviendo juntos como hermano y hermana?

—Por ejemplo.

—Ajáa.

La voz de Rahel sube de tono sin querer, como siempre que tiene miedo. Peter la mira compasivo. Entonces se para y hace una cosa con las manos que siempre le pasa: se queda con los brazos colgando, todo lo largos que son, y los dedos le tiemblan sin control hasta que él mismo se da cuenta y cruza las manos a la espalda. Han salido del bosque; están en un camino, ya se ve la casa.

—Quiero decir... ¿qué idea tienes, Peter?

—No tengo ninguna idea de nada, Rahel. Me limito a decir lo que hay.

Su mirada torturada recorre los campos a lo lejos sin fijarse en ningún sitio.

—Esas cosas no se pueden forzar —concluye.

—No. Claro que no. Pero lo podrías intentar.

—Es que no estoy por intentar nada en este momento —declara en tono derrotado, y luego retoman el paso para recorrer el resto del camino en silencio.

Rahel descuelga una toalla de la cuerda de tender y gira directamente en dirección al lago. Se sumerge en el agua y nada
unas brazadas en paralelo a la orilla. No se atreve a adentrarse mucho. En clase de natación, en segundo de primaria, la
profesora la alejaba del borde de la piscina con un palo largo
cuando trataba de agarrarse. Y voceaba para el recinto entero: «¡Nuestro objetivo es ser nadadores de fondo!», y todos los
niños que hasta entonces no se hubieran sentido seguros se
ponían a patalear como locos. Rahel pasaba verdadero terror
en todas las clases. Jamás aprendió el salto de salida desde el
podio. El día del examen, otro profesor le dio en las piernas
de manera que cayó al agua de cabeza, aunque más como un
fardo que tirándose como debía.

Ahora va nadando a lo largo de una franja de nenúfares
amarillos. Va pensando en la última frase de Peter: «Es que
no estoy por intentar nada en este momento». También podría
querer decir que lo intentará más adelante. Tiene que intentar-
lo. De otro modo, Rahel no podrá quedarse a su lado.

¿Qué se ha creído? ¿Que ella aceptará eso sin más?

Se vuelve de espaldas y deja que el agua la lleve.

Sin duda, también ha tenido épocas de cansancio y falta de
deseo. Cuando los niños eran pequeños. Cuando estaban en-
fermos o simplemente le daban mucha guerra. Cuando murió
Edith. Peter no se quejó nunca, no la agobió nunca. Ahora
bien —y en esto reside la diferencia esencial—, él siempre había podido contar con que la fase de apatía era transitoria.

Ya solo asoma del agua la cara de Rahel. Sus piernas se
han hundido hasta el fondo y algo las ha rozado. Se pone a
nadar a toda prisa.

Desde la orilla opuesta llega ahora una música atronadora.
La juventud del pueblo reunida. Para ella es hora de marcharse.

Miércoles

—Me ha llamado Selma —dice Peter, entrando en la cocina aún en pijama—. Pregunta si puede venir con los niños unos días.

Se acerca a donde está el hervidor de agua, lo vacía en el fregadero, lo llena de agua limpia y añade que seguro que a Ruth no le importa.

A Ruth no, piensa Rahel y guarda silencio.

—No te hace mucha gracia —constata Peter—. Sabes que ella lo nota.

Por supuesto que Rahel lo sabe. Después de todo, es la psicóloga de la familia. Ojalá Selma no fuera como es. No importa cuánta atención y cuánto amor se le dedique a su hija, Selma siempre necesita más. Durante su infancia y adolescencia, apenas transcurría una semana en la que no padeciera algún drama existencial. Cuando Selma estaba mala, *se moría* de dolor. Si había sufrido algún desengaño amoroso, su *única salida* era el suicidio. Si tenía algún problema con un profesor, era la *única* persona a la que nadie comprendía y con la que *todos* eran injustos. El resumen de su vida era: *primero yo y después yo*.

En la consulta, Rahel veía a gente así a menudo. Gente incapaz de relativizar lo que le pasa. Que lo toma todo como algo personal y siempre habla en superlativo. *Siempre les pasan las cosas más terribles*, sufren las derrotas *más espantosas*, los desengaños *más tremendos* y la traición *más atroz*. En el mejor de los casos, Rahel consigue fomentar en sus pacientes un cambio de perspectiva a largo plazo. Hay que reconocer que lo consigue bastante pocas veces, y por lo que respecta a Selma, los resultados son demoledores.

No, Rahel no cayó en un agujero de pena cuando su hija se fue de casa. No le dolió ni le dio ninguna pena ver el nido vacío. A Peter le describió el momento de ver cerrarse la puerta detrás de Selma como una liberación, como el final de una batalla. Obviamente, sabía que en realidad no era el final, sino tan solo un armisticio.

—No me parece buena idea —se atreve a decir ahora y añade que los inevitables conflictos con Selma no harán más que agrandar sus propios problemas. Peter entorna un poco los ojos y se centra en su ceremonia del té sin decir nada.

Antes, Peter sabía de inmediato cuando habían saltado chispas entre Rahel y Selma. El estado de la casa lo delataba. La única salida que encontraba Rahel cuando se quedaba así de revuelta en su fuero interno era cultivar el orden externo. Después de los peores momentos, los grifos del baño brillaban como los chorros del oro y se habría podido comer en el suelo de la cocina. La primera vez que Selma se hizo cortes en los brazos con una cuchilla de afeitar, Rahel fregó las catorce ventanas del piso, incluidos los poyetes por dentro y por fuera.

Peter entró en casa, miró a su alrededor y preguntó:

—¿Qué ha pasado?

La primera vez que Selma amenazó con suicidarse, Rahel sacó cuanto había en todos los armarios de la cocina y la despensa y limpió hasta el último rincón con agua casi hirviendo.

Para colmo de males, la vida amorosa de Selma empezó a la temprana edad de catorce años. Sus víctimas se parecían todas. O eran mayores e inalcanzables o chicos que, por el contrario, la tenían en un pedestal y de los que se aprovechaba hasta decir basta. El estilo estridente de Selma, su melena larga y salvaje, los labios pintados de rojo cereza, formaban un contraste absurdo con la palidez de aquellos pobres muchachos junto a los cuales brillaba todavía más. Claro, enseguida se aburría de ellos y los dejaba, en cuanto empezaba a despreciarlos por la servil devoción con que la trataban.

—Bueno, mujer —le ruega Peter—. Un poco de aire del campo le sentará bien.

Con más ojos que Argos, vigila que su té no supere el tiempo de infusión.

—Es nuestra hija —añade como si fuera necesario decirlo, saca del agua el colador con el té y lo deposita en un platito.

—Pero que no venga hasta el viernes —dice Rahel—, y solo a pasar el fin de semana.

Peter asiente con la cabeza.

—La voy a llamar.

A continuación, sale con una taza al patio, donde al instante se le pega la cigüeña.

Rahel enciende la radio y se sienta a la mesa. En el noticiario dan un informe sobre el cambio climático. El hielo de los polos se derrite, el permafrost de los suelos se derrite, los glaciares de la alta montaña se convierten en lagos y los incendios arrasan enormes superficies de bosque. Se apresura a apagar la radio. Solo es capaz de soportar informaciones en dosis muy medidas y, además, solo cuando tiene a Peter al lado. Le viene a la mente una de las últimas frases claras de su madre.

—En el fondo es buen momento para morir —había dicho Edith después de oír una noticia parecida a aquellas.

Poco tiempo después, en efecto, falleció aquella madre que había querido comerse el mundo, inconstante, audaz, frívola e irresponsable, y cuando el cura que pronunció el responso el día del entierro preguntó qué era lo que caracterizaba a su madre, Rahel no tuvo que pensarlo mucho. «Casi» era la palabra que mejor describía a su madre. Había sido una casi-bailarina, una casi-actriz, una casi-esposa y, con independencia del hecho innegable de que había traído al mundo a dos hijas, una casi-madre.

El que la noticia del deshielo de los polos la haya llevado a su madre le provoca una breve carcajada suelta.

—Al final, siempre vas a topar con la madre —dice en voz alta y se pregunta si le pasará lo mismo a Selma. Faltan dos días, luego se presentará allí su hija, montando el número de siempre. Quedan dos días de paz. Enseguida apura el café y sube corriendo a su cuarto.

Por primera vez desde que llegaron, Rahel desenrolla su colchoneta de yoga. Hace tanto que no la usa que se le vuelve a enrollar sola. Rahel sujeta las puntas con unas pequeñas pesas que ha traído, y se dispone a combatir la inevitable pérdida de masa muscular. La genética le ha sonreído, eso tiene que reconocerlo. Cuántas veces acuden a su consulta mujeres más jóvenes que ella, pero que no se conservan así de bien.

Empieza por el saludo al sol, con los brazos bien estirados por encima de la cabeza y una respiración profunda. Luego hace el movimiento contrario, colocando las palmas de las manos en el suelo, delante de los pies. El estiramiento no le resulta difícil. Ha heredado la flexibilidad y la gracia de su madre.

Tamara ha salido a su padre, un tipo alto y huesudo de movimientos muy poco elásticos. Rahel hace la postura de la cobra y se siente libre, abierta, tal y como promete ese ejercicio. Su padre era atractivo, según le contó Edith. Estudiaba en la universidad y desapareció por las buenas después de pasar una única noche con ella. No sabía de él más que el nombre de pila y no volvió a verlo por mucho que lo buscó. En la postura del perro boca abajo, Rahel toca el suelo con toda la planta del pie. Disfruta del fuerte estiramiento. Repite el ciclo quince veces, añade unas cuantas flexiones de brazos y veinte sentadillas y después se siente llena de vitalidad.

Después de ducharse se tumba en la cama. La ventana está abierta, entra la brisa del verano. Si ahora se abriera la puerta y entrase Peter a echarse a su lado, sería feliz.

Ni una palabra. En toda la tarde. Peter lee, da un paseo con el caballo, pone de comer a la cigüeña, acaricia al gato.

Durante la cena, coloca las lonchas de salami encima del pan de tal manera que los bordes no sobresalen. Las rodajitas de pepino que corta tienen todas el mismo grosor; la zanahoria la divide primero a lo largo y luego parte esas dos mitades en dos y coloca los palitos en hileras perfectas junto a las rodajitas de pepino.

Un mordisco al pan, una rodaja de pepino, un palito de zanahoria. Pan, pepino, zanahoria. Pan, pepino, zanahoria.

Rahel muerde una zanahoria entera y teme la velada.

—¿Te apetece que luego veamos una película? —pregunta en el tono más neutro que le sale.

Peter termina de masticar, traga y carraspea.

—Sí. Si quieres.

—¿Qué quieres tú?

La mirada de Peter la roza, pero pasa de largo y se pierde en el vacío. La abulia que refleja saca de quicio a Rahel.

—Está bien ver una película —dice Peter, de repente, asintiendo con la cabeza varias veces como para convencerse de lo cierto de sus propias palabras—. Hace mucho que no vemos ninguna película —añade al cabo de unos segundos. Una sonrisa se dibuja en su rostro un instante, y luego sigue comiendo.

Jueves

Ya es mediodía cuando se encuentra con Peter por primera vez. Vuelve de un largo paseo con Baila, aunque no parece que le haya reconfortado nada. Tiene ojeras. Ver películas por las noches le trastorna el sueño, y con la que eligieron la víspera no es de extrañar.

Melancolía de Lars von Trier: en un castillo, se celebra una boda que desemboca en tragedia en tanto que un planeta errante amenaza con absorber la Tierra. El planeta pasa de largo y parece superado el peligro, pero después vuelve y avanza hacia la Tierra de forma inminente. La colisión es inevitable, y la única que contempla sin inmutarse cómo se va acercando es Justine, la novia, que padece depresión. Cuando, al final, el planeta Melancolía choca con la Tierra, la destruye. Minutos después de terminar la película, Peter seguía mirando la pantalla. Habían pasado hasta los títulos de crédito cuando por fin despertó de su inmovilidad.

—Conozco ese sentimiento. Lo conozco perfectamente - –musitó.

Rahel aún permaneció despierta en la cama un buen rato, dándole vueltas al sentimiento al que se refería. Luego se quedó dormida, pero despertó de golpe hacia las tres de la madrugada, al comprenderlo. Tenía taquicardia y la espalda bañada en sudor. Encendió la lámpara de la mesilla de noche y cogió la botella de agua que tenía en el suelo. Peter no se refería a la escena final de la película. El sentimiento al que se refería era la depresión.

—¿Has dormido igual de mal que yo? —le pregunta.

Peter asiente con la cabeza y se para frente a ella.

—Ha debido de ser culpa del vino tinto —dice y mira hacia el coche—. Pensaba ir a la compra. ¿Me haces una lista?

Rahel suspira. Pensando en cómo comen Selma y sus niños, una simple lista de la compra es tarea imposible, como una ecuación con varias incógnitas.

Solo pensarlo la agota.

Ahora bien, enviar a Peter a la compra sin una lista tampoco cabe ni planteárselo.

—Lo mejor será que vaya contigo.

Entra en la casa y coge el bolso.

Cuando vuelve a salir, Peter no se ha movido. Su sonrisa oculta algo, y Rahel piensa que, en un matrimonio, la suma de lo que no se dice es mayor que la suma de lo que se dice.

Peter reprime un bostezo. El blanco de sus ojos está surcado de finas líneas rojas.

—Si vas tú, en realidad yo me puedo quedar aquí —dice.

Rahel no permite que se le note el disgusto. Asiente con la cabeza y se va en el coche. A través del retrovisor, ve a Peter aún parado en el sitio. Él levanta una mano para decir adiós, luego da media vuelta y se dirige hacia la puerta de la casa.

* * *

Al cabo de tres horas, Rahel está de vuelta. No se ha dado prisa en volver, ha estado tomando un helado en la pequeña ciudad, se ha sentado al sol con un café y aun ha entrado en una librería a curiosear. Por primera vez en una eternidad, se ha comprado un ejemplar de una revista semanal que antes le encantaba. Hasta hace un par de años, Peter compraba dos o tres periódicos nacionales en la panadería los fines de semana y, todavía sentados a la mesa del desayuno, disfrutaban leyéndolos juntos. Ella no sabría decir cuándo aquella lectura empezó a resultar incómoda. Pero cada vez era más frecuente que sus propias experiencias chocaran con lo que leían. Eran demasiados los artículos en los que echaban de menos la ética periodística y el sentido de la realidad, demasiados artículos los dejaban con la sensación de haber consumido una pura pose, una ficción, una versión idealizada de la realidad, y, un sábado, Peter volvió con la bolsa de panecillos, pero sin los periódicos.

Rahel rodea el coche y abre el maletero. A Peter no se le ve por ninguna parte y, cuando lo llama, no obtiene respuesta. Uno de los gatos se cruza en su camino con un ratón en la boca, por lo demás está todo muy tranquilo. No hay nada que hacer. Con los casi treinta grados que marca el termómetro, no puede dejar la compra dentro del coche de ninguna manera.

Cuando termina con todo, oye los pasos de Peter por el pasillo. Él se asoma un momento, se disculpa por no haberla ayudado, y luego sube las escaleras dejándola sola con su anhelo.

Rahel se prepara comida suficiente y una botella de agua en una bandeja, se la lleva a su cuarto y pasa el resto del día sin Peter. Se lee la novela de Elizabeth Strout de un tirón y, hacia la medianoche, cae en un sueño profundo y reparador.

Viernes

Nubes de tormenta sobre el bosque. Rahel mira por la ventana y se desenreda el pelo con los dedos. Precisamente hoy. La idea de tener que quedarse en casa con Selma y los niños por culpa del mal tiempo no le hace ninguna gracia. «Tráete ropa de lluvia para los niños», le pone en un rápido SMS, aunque lo más probable es que Selma ya esté de camino a la estación. Pensar en comer juntos también le da dolor de cabeza. Para dar gusto a todo el mundo, tendría que preparar cuatro comidas distintas: una para Peter y para ella, otra para Selma y otras dos para Theodor y Maximilian, respectivamente.

A veces tiene que contenerse para no soltarles alguna de las típicas frases amenazantes e imperativas de los viejos: «Tú en la guerra te habrías muerto de hambre» o «Se come lo que haya en la mesa».

Pero Selma y sus niños han crecido sin carestías. ¿Qué podrían haber hecho ella y Peter? ¿Recrear una pobreza de mentira para transmitirles el valor de las cosas?

En la cocina, se queda parada frente a la nevera abierta y estudia las posibilidades. La única verdura que les gusta a todos es el brócoli. «Arbolitos» lo llamaba Selma de pequeña, y parece que con sus niños también funciona lo de los arbolitos verdes. Si Rahel recuerda bien, al arroz tampoco le tienen aversión, mientras no sea integral. Con eso ya tiene pensado el menú, y cuando Peter entra desde el patio —de un humor excelente después de su baño diario en el lago—, decide poner todo de su parte para que el fin de semana transcurra en paz.

Hacia las once, Peter emprende el camino a la estación. Deja bajada la ventanilla del coche y va oyendo bien fuerte «*Über den Wolken*» de Reinhard Mey.

Rahel siente cómo la invade una ola de amor. Nadie más que ella sabe que, con esa canción, Peter siempre canturrea por lo bajo, desde el primer verso, «*Wind Nordost, Startbahn null drei, bis hier hör ich die Motoren...*», y que, en el estribillo, todas las veces se le pone la carne de gallina[5].

De pie en el patio, sigue el coche con la mirada, y, al parecer, la cigüeña, quieta a su lado, ya echa de menos a Peter. A continuación, casi en sincronía con la lluvia, se le saltan las lágrimas. La pillan tan desprevenida que hasta se le escapa una breve carcajada antes de romperse el dique. Sollozando a todo sollozar, se arrastra de vuelta a la casa y deja rienda suelta a su desesperación.

---

[5] «*Über den Wolken*», música y texto de Reinhard Mey. Del álbum *Wie vor Jahr und Tag*, Intercord, 1974. Reinhard Mey (Berlín, 1942) es uno de los cantautores más populares desde los años setenta en Alemania, y trata muy a menudo el tema de la Alemania dividida. El estribillo de esta canción de culto de 1974 habla de la libertad sin límites que se siente por encima de las nubes, desde donde los problemas se ven pequeños e insignificantes. La cita corresponde justo al principio: «Viento del noroeste, pista de despegue 03, desde aquí oigo los motores...». *(N. de la T.).*

* * *

Cuando se baja del coche Selma con los niños, el sol vuelve a calentar con fuerza ininterrumpida. Rahel va a su encuentro. No ha sido fácil borrar las huellas de su pequeño ataque de llanto, pero ha conseguido bajar la hinchazón de los ojos gracias a las compresas de frío que ha encontrado en la nevera. El resto lo han resuelto los productos de maquillaje caros.

A Peter le da la bienvenida la cigüeña con un fuerte aleteo, y cuando el gato pelirrojo reclama sus mismos derechos, el ave intenta darle un picotazo.

—Los animales se disputan el favor de tu padre —dice Rahel a Selma antes de darse un abrazo rápido.

Theo y Max esperan al lado del coche. Cada uno, con un palo en la mano. Miran a la cigüeña fascinados, luego echan a correr hacia ella y aun se asombran de que salga huyendo bien lejos.

—Se ha asustado —explica Selma—. Si os acercáis despacito, a lo mejor se queda quieta.

Pero sus cuerpecillos prietos ya están de nuevo en movimiento, esta vez detrás del gato, que también ha huido. Selma sacude la cabeza riendo.

—Los chicos son así —comenta sin alterarse.

Por lo demás, tiene un aspecto sorprendentemente bueno. Nadie diría que es madre de dos niños pequeños. Lleva su pintalabios rojo cereza brillante de siempre y las pestañas, de por sí largas, espesas, cuidadosamente maquilladas; es una joven madre muy guapa.

Por un momento, Rahel se avergüenza. Sus temores ante la perspectiva del fin de semana en familia de pronto le parecen infundados, es más, se siente una bruja malísima y sin corazón. Selma mira a su alrededor, luego saca el teléfono del bolso y hace una mueca de disgusto.

—¡Mierda! ¡No hay cobertura! ¡Mierda de operador barato!

Rahel se encoge de hombros.

—Si te subes a la piedra del glaciar, la que está al borde del camino, igual te funciona. Si no, usa mi móvil.

Selma asiente con la cabeza.

—¿Les echáis un ojo a los niños? —pregunta y sale andando sin esperar la respuesta.

* * *

Cuando vuelve Selma de la piedra, Rahel ya ha puesto la mesa para comer y está cortando fruta para el postre. Los niños cogen trozos sin pedir permiso.

—¡Primero hay que lavarse las manos! —les dice, colocando un taburete frente a la pila de la cocina.

Ellos ni levantan la vista. Con ansia, se meten en la boca trozos de manzana, plátano, albaricoque y frambuesas, todo a la vez, y luego ríen haciendo pedorretas. El puré de fruta les corre por la barbilla, Theo se sube la camiseta para limpiarse con ella. Max lo imita.

Selma se sienta en la silla de la ventana, deja el teléfono en el alféizar y pregunta:

—¿Y vosotros por qué no tenéis una casa en propiedad? ¿O un piso, por lo menos?

En el momento preciso entra Peter por la puerta. Sonríe y también pica unos trozos de fruta con ansia fingida. Theo protesta en alto. Luego, entre dientes y aparentemente sin inmutarse ante la impertinencia de su hija, responde:

—Porque somos de Alemania del Este. Nadie nos enseñó que hay que aspirar a tener propiedades. Nadie nos enseñó que, en el mejor de los casos, pones el dinero a trabajar para ti en lugar de trabajar tú. Las reglas básicas del capitalismo, querida Selma, a tu madre y a mí nos entraron en la cabeza demasiado tarde.

Rahel le lanza una mirada de agradecimiento. Arranca unas hojas de papel de cocina del rollo, limpia las manos pegajosas a los niños y los manda a lavarse a la pila.

—Déjalos —dice Selma.

Rahel suspira.

—¿Quieres que luego les piquen las avispas?

Aunque se le resisten, les pasa a los niños un trapo húmedo por la cara.

—En cualquier caso... —prosigue Selma—, todos mis amigos del oeste tienen algo que heredar.

—Solo tengo cuarenta y nueve años —suelta Rahel con voz más aguda de lo habitual—, si tienes mala suerte, aún me quedan otros cuarenta.

—No lo he dicho en ese sentido, mamá.

—Vosotros también heredaréis —interviene Peter—. Un poco de dinero y una estantería llena de valiosas primeras ediciones. Y lo bueno es que tenéis la oportunidad de hacer las cosas mejor que nosotros.

Sin decir nada, Selma se enrolla una guedeja de pelo en el dedo índice de la mano derecha. Rahel guarda silencio. Lo que está claro es que, si Vincent no fuera tan desinteresado y tan trabajador, Selma se hundiría en la miseria. No llevaba ni un curso de Filología y Estudios Culturales en la facultad cuando decidió tomarse unos cuantos semestres sabáticos, porque estaba en camino Theodor, y cuando este cumplió el año y medio y ella hubiera podido retomar la carrera, se quedó embarazada de Max.

—¿Cómo está Vincent? —pregunta Rahel a su hija sin mala intención, mirándola a los ojos.

—Bien, bien... Sí, bien.

Una respuesta que hace encenderse un piloto de alerta incluso en Peter. Rahel lo ha percibido, porque Selma lo ha dicho con la cabeza ladeada y pestañeando muchas veces. Vincent es una bendición para Selma. Todo el mundo lo sabe, menos ella, que contempla los sacrificios que hace por su joven familia con despreocupada naturalidad. Se conocieron jugando al voleibol en la playa. Vince cayó rendido a los pies de la descarada jovencita del bikini minúsculo al instante. Terminados sus estudios de informática aplicada a la banca en un tiempo récord, justo entraba como becario en el Sächsische Aufbaubank. A los ojos de Selma, que tenía diecinueve años, Vince era un hombre de verdad, y cuando, a las pocas semanas de conocerse, anunció que quería casarse con él, Rahel primero se quedó sin palabras y luego sintió un gran alivio. Vince era como una red invisible que evitaba que aquella imparable pelotita de goma se descarrilara del todo. Los tiempos en que Rahel perdía el sueño por su hija quedaron atrás en un instante.

Ahora, Vince ha llegado bastante arriba en el escalafón del SAB. Rahel no ha sido capaz de aprenderse el nombre exacto del cargo que tiene, y Selma tampoco. Trabaja en cosas de datos y de seguridad, hasta ahí sabe.

Por lo que respecta a una posible herencia, cabe esperar todavía menos por parte de la familia de Vincent. La primera vez que Rahel preguntó qué eran, la respuesta que dio Selma fue: «malparados de la RDA». En tono displicente añadió: «Lo típico: después de la unificación, su empresa cerró, perdieron el trabajo y no consiguieron otro. Y luego, que si enfermedades, depresión y demás».

—¿Cómo es que no ha venido Vincent con vosotros? —quiere saber Rahel.

Selma picotea con el tenedor por el plato y farfulla algo de trabajo y de agobio. Luego se pone a comer con ansia, sin parar de mirar el móvil de reojo. Theo se desliza debajo de la mesa con su cojín, y Rahel contempla con horror cómo Selma le pasa el plato.

—Le ha dado por comer debajo de la mesa. He leído que es una fase normal. Para que el niño se desarrolle de manera óptima, lo que hay que hacer es dejarlo.

—Aah —es cuanto Rahel consigue replicar.

Max, al que han sentado en una trona vieja, se agita como un poseso. Él también quiere comer debajo de la mesa. Antes de que la silla se rompa por el balanceo, Peter saca al niño y lo deposita en el suelo, al lado de su hermano.

—No esperes que lo entendamos —le dice a Selma.

Selma carraspea.

—Cuando la comida se asocia con imposiciones —explica con lentitud intencionada—, los niños desarrollan trastornos alimenticios.

—Según eso, mi generación entera tendría que tener trastornos alimenticios —replica Peter en tono amable y distendido, y añade—: Yo no creo que sea así.

Selma deja caer sus cubiertos.

—¿De verdad, papá? ¿Ya me tenéis que cuestionar otra vez?

—No te está cuestionando *a ti*, Selma —dice Rahel vehemente—, sino esa teoría de que los niños a los que se manda comer sentados a la mesa desarrollan trastornos alimenticios. Tú misma, por cierto, has tenido que comer en la mesa toda la vida.

—Y ahora me negarás el daño que me hizo, mamá —la ataca Selma—. No tienes ni la menor idea de lo que mi terapeuta...

—¿Tu terapeuta?

—Pues sí, he empezado a psicoanalizarme. Llevará unos tres años, pero creo que merece la pena.

—¿Psicoanálisis? —repite Rahel. En ese instante, algo tibio y mojado aterriza sobre su pie derecho.

—¡Ay, qué asco! —chilla, retirando el pie. Los niños se ríen debajo de la mesa. Peter suspira, apoya sus cubiertos en el plato en un ángulo que quiere decir «no he terminado de comer», como si hubiera por allí algún camarero dispuesto a recogerlo.

—Todo tiene un límite —dice en tono de cansancio.

Uno detrás de otro, sube a los dos niños del suelo, los sienta en sus sitios iniciales y añade un «se acabó» que no suena muy convincente.

Mientras se limpia el brócoli masticado del pie, en la imaginación de Rahel se desarrolla una película. Ya sabe todo lo que soltará Selma en esas doscientas o trescientas horas de terapia analítica, y como no ha adoptado el apellido de su marido al casarse, a la terapeuta no le será difícil atar cabos. Por mucho secreto profesional que se guarde, antes o después se le escapará en algún encuentro con otros terapeutas que la psicóloga y psicoterapeuta Rahel Wunderlich es responsable de que su propia hija esté tarada perdida. ¡Ay!, a veces se le agolpan en la punta de la lengua frases innecesarias y equivocadas como: «¿Cómo puedes hacerme esto? ¿Por qué eres tan desagradecida? ¿Acaso no lo he hecho todo por ti?».

Claro que eso solo serviría para poner las cosas todavía peor, y además sería mentira.

En tanto que Peter vuelve a coger sus cubiertos y hasta Theo y Max siguen comiendo de manera más o menos aceptable, Rahel mira a su hija a los ojos y recuerda cómo, a la edad de seis semanas, dejaron a Selma con su abuela. Con su primer coche del oeste —un viejo Renault 5—, salieron de Dresde una mañana de sábado en dirección al este, a Seibnitz, en la linde de lo que llaman la Suiza Sajona. Allí, la madre de Peter tomó en brazos el pequeño fardo que era el bebé y lo metió en la casa, donde ya estaba todo preparado. En el cuarto de invitados había una cuna de barrotes; en la cocina, leche en polvo y biberones; en el baño, encima de la lavadora, un cambiador de fabricación casera. Al principio, Rahel y Peter iban a por ella los fines de semana, pero al cabo de un tiempo, sobre todo en época de exámenes, los intervalos se hicieron cada vez más largos y solo iban a Seibnitz una vez al mes. La madre de Peter describía a Selma como una niña muy fácil y muy alegre, que se reía siempre. Cuando Rahel, años más tarde, oyó en una formación que ese comportamiento era típico de los bebés de madres depresivas o de bebés que, por los motivos que fueran, habían sufrido graves carencias emocionales, se echó a llorar. La madre de Peter había luchado contra las depresiones durante muchos años. Dejar a la niña con ella les había parecido la mejor solución en su día. Peter y ella podían terminar la universidad tranquilos, la abuela tenía una tarea para dar sentido a sus días y Selma estaba cuidada por alguien de la familia.

—¿Por qué me miras tan fijamente? —Selma arruga la frente—. Me da mal rollo.

—Perdona —murmura Rahel y se pone a comer de nuevo.

«Si tú supieras...», piensa, y al punto se le ocurre que Selma no tardará en saberlo. Los psicoanalistas empiezan por la fase más temprana, y en el caso de Selma tiene el nombre clínico de trastorno reactivo de la vinculación.

¿Comprenderá Selma el alcance que tiene eso? Hasta el momento, nunca ha mencionado aquella separación para nada. Una vez —Theo tendría la misma edad que ella entonces— les había preguntado: «¿Cómo fuisteis capaces de dejar a un bebé tan pequeño con nadie?». Lo había dicho con la mirada clavada en Theo, que dormía apaciblemente en su regazo. Luego, después de un momento de reflexión en silencio, añadió: «¿No se te rompió el corazón?».

La segunda pregunta dejaba fuera a Peter. Desde el punto de vista de Selma, solo se rompía el corazón de la madre. Rahel había respondido algo del tipo «Fue difícil pero no había otra solución» y, para su sorpresa, Selma se conformó de inmediato. Desde una perspectiva profesional, la aceptación era lo más lógico. «Mi madre no tenía otra elección» es menos doloroso que «Optó por el camino más cómodo y me sacrificó a mí». Sin duda, Selma no tardará en vomitarle a la cara todo eso.

Después de comer, Peter y Rahel se alejan del campo de batalla de la cocina y toman el café fuera, sentados en el banco que hay a la entrada de la casa. Por una de las ventanas del piso de arriba salen los chillidos de los niños. Antes de instalarse con ellos en la habitación, Rahel le ha indicado de buena manera que la casa no es suya y que la mayoría de cosas que hay son antiguas. Selma ha soltado un suspiro, pero sin protestar... señal de que conoce el motivo de la advertencia.

Peter está sentado a distancia de un metro por lo menos. Acaricia al gato pelirrojo, que le da rítmicos golpecitos con el rabo en la pernera del pantalón. Ronronea tan fuerte que casi suena amenazador. Toda la atención de Peter se concentra en ese animal tan poco atractivo. En otra época, después de una comida así se habrían lanzado una sonrisa cómplice, y esa sonrisa habría sellado que estaban unidos en la batalla. Hoy, Peter está contento como un caballo viejo con que le hagan compañía un gato al que le falta una oreja y una cigüeña incapaz de valerse.

Arriba, el vocerío se calma y suena la voz de Selma. Les está cantando una canción, y suena tan bonita que Peter interrumpe las caricias al gato y levanta la cabeza. Rahel busca su mirada y él le devuelve una sonrisa.

—Es que ahora va a clase de canto —explica Peter—. Me lo ha contado mientras veníamos en el coche.

La lista de actividades que Selma ha empezado con pasión a lo largo de su vida es larga. La mayoría de las veces, el entusiasmo cesaba al cabo de entre cuatro y seis semanas, y a lo sumo pasados tres meses, Rahel la daba de baja de la correspondiente escuela de música, danza o deporte. El canto, por lo que recuerda, no ha formado parte de la lista hasta ahora.

Rahel pone la cara al sol. Guiña un poco los ojos y ve un ave rapaz volando en círculos por el cielo sin nubes. En el cuarto de los niños se ha hecho el silencio. En nada, Peter se levantará y se irá a dormir la siesta. Rahel le oye decirlo antes de pronunciar las palabras, luego Peter las dice de verdad, se levanta y entra en la casa.

Sería el momento del cigarrillo. Rahel se apresura a entrar en la cocina con la taza vacía para ponerse un segundo café, y ahí se topa con Peter.

—Creí que ibas a echarte un rato —dice, y casi suena como un reproche.

Peter le señala el fregadero lleno de platos sucios.

—Cómo te voy a dejar sola con este caos.

Entre los dos recogen la cocina. El reparto de tareas está muy claro, no se entorpecen en ningún momento. Cuando, finalmente, Peter ha ido a echarse y Rahel sostiene una taza de café humeante, se acercan pasos por el pasillo.

—Por fin se han dormido —dice Selma, dejándose caer en una silla—. ¿Me pones uno a mí también? —dice mirando el café de Rahel.

Rahel se gira y abre el armario de la vajilla. Pasa un tiempo exagerado buscando la taza adecuada, controlando sus gestos para no parecer ni contenta ni irritada y luego, con una expresión medio neutral en la cara, se vuelve hacia su hija:

—¿Todo bien? —pregunta Selma—. Se te nota como en tensión.

—Todo de maravilla.

Rahel se sienta al lado de su hija en la mesa y le sirve el café.

—Se me había olvidado lo bien que se está aquí —dice Selma—. Para los niños es un paraíso.

—Desde luego que lo es —repite Rahel suspirando.

—Soy la única en nuestro círculo de amigos que nunca puede decir: «Nos llevamos a los niños al campo a casa de los abuelos» —se queja Selma.

—Primero yo y después yo —dice Rahel, dando un largo sorbo de café.

—¿Cómo?

—Es mi percepción, cariño —explica Rahel—. Siempre eres *tú la única* a la que le pasa algo o le deja de pasar.

—¡Es que es así!

—Pero ahora estás aquí. En el campo. Con los abuelos.

—Pero la casa no es vuestra.

—Siempre le encuentras algún pero a todo —replica Rahel muy tranquila.

Selma se echa hacia atrás con tanta vehemencia que la silla amenaza con venirse abajo.

—Es que no hay manera —responde con un bufido—. Contigo no hay manera de hablar.

—¿A los padres de Vincent también les echas en cara que no tengan una casa de campo?

Selma suelta una risita histérica.

—Al padre de Vincent lo jubilaron an-ti-ci-pa-da-men-te. Y su madre trabaja de de-pen-dien-ta en una droguería.

—¿Y qué? —Rahel se hace la tonta.

—¿Con qué dinero se van a comprar una casa? ¿Pero... y vosotros? Papá es catedrático y tú tienes una consulta propia. Me apuesto a que la gente como vosotros, en el oeste, tiene como poco un piso en propiedad.

Rahel desea que estuviera allí Peter para darle las respuestas apropiadas al joven basilisco.

Como un fogonazo, le viene a la mente una imagen: Selma, pequeñísima, tumbada en su cunita de barrotes, llorando. Pero no viene nadie a consolarla. Y luego recuerda lo que, tan orgullosa, les contaba la madre de Peter: con seis meses, Selma dormía toda la noche del tirón, con dieciocho ya iba todo el día sin pañal, y siempre se reía. Qué niña tan simpática, decían los vecinos, un rayo de sol.

—Me voy un rato al taller —dice Rahel a Selma, que ha empezado a rascarse la cabeza, como hace siempre que está nerviosa, furiosa o aburrida. La de tratamientos contra los piojos a los que la sometió en vano en su día. Con un suspiro, se pone de pie y sale de la cocina.

En el taller la recibe el silencio. Cierra la puerta tras de sí y va directa al banco de trabajo donde tiene que estar el cigarrillo escondido detrás de los libros. En un ancho rayo de sol se ve la danza de las motitas de polvo, y un abejorro gordo se estrella un par de veces contra el cristal de la ventana. La mirada de Rahel va a posarse sobre la anotación: «Orad sin cesar».

¿Cómo se le ocurriría eso a Viktor? ¿Le inspiraría? ¿Consideraría que rezar es necesario por algún motivo?

Le sienta bien dejar de pensar en Selma para pensar en Viktor. Le parece estar viéndolo allí mismo, aunque no con el aspecto que tiene ahora. Siempre lo recuerda como era en la plenitud de sus fuerzas, con cuarenta años más o menos, alto y corpulento, mal afeitado, con unos ojos azules muy brillantes, de buena persona, y el pelo medio largo, sujeto en una coleta baja.

Era miembro de la Asociación de Artistas Plásticos de la RDA. Ganó premios, y gracias a eso le permitieron hacer viajes de estudios a países no socialistas en varias ocasiones. Ya antes de la caída del Muro había estado en París, en el Louvre. De eso se acuerda Rahel muy bien, porque le trajo un regalo. Un póster de la Victoria de Samotracia con el que, por aquel entonces, ella no supo bien qué hacer, pero que después enmarcó y tuvo en la cocina de su primer piso, cuando se independizó.

Viktor siempre tuvo trabajo, y, al ser miembro de la Asociación —a diferencia de otros artistas que se opusieron abiertamente al régimen—, nunca le faltaron ni los materiales ni las herramientas. Una vez, Edith y Ruth se pelearon por eso. Edith había dicho que Viktor era un «artista del Estado», y Ruth, que siempre mantenía la compostura, la había perdido por un instante, soltándoles unas cuantas cosas a Edith y a su amante de entonces, que también era artista pero no estaba tan bien visto en términos políticos.

A principios de los noventa, Viktor había pasado por una crisis importante. Como andaban escasos de dinero, aceptó encargos de particulares e hizo esculturas para los jardines de los nuevos ricos con propiedades. Las pequeñas reproducciones de la Venus de Milo o del David de Miguel Ángel eran populares, y su consumo de alcohol y tabaco, hasta entonces moderado, aumentó hasta lo preocupante. Sus propias creaciones no interesaban a quienes hubieran podido hacerle encargos. Demasiado duras, demasiado abstractas, no lo bastante complacientes. Pero, claro, de algo tenían que vivir Ruth y él.

Ruth perdió su trabajo poco después de la reunificación, cuando tuvo que cerrar la Casa de la Cultura de la ciudad de provincias donde daba clases de *ballet* y que dependía de la cooperativa de turno, como tuvo que cerrar la cooperativa entera.

Para Viktor volvió a girar la rueda hacia unos años de buena fortuna. En la década de los dos miles, al parecer recordaron su nombre, lo invitaron a exposiciones, escribieron artículos sobre él, y un galerista de Berlín se acercó hasta su granja con el borrador de un contrato en el bolsillo. De pronto, se había hecho famoso, de la noche a la mañana, como quien dice.

Por fin, Rahel sostiene el cigarrillo entre los dedos. Gira la mano un poco hacia los lados, coge el mechero.

—¿Qué es eso, mamá? ¿Un pitillo antiestrés?

Selma está en el umbral de la puerta. Una templada ráfaga de viento roza los brazos de Rahel. Ve cómo uno de los gatos se desliza al interior del taller por entre las piernas de Selma y desaparece detrás de la gran escultura de Ruth.

—¡Cuidado con el gato! —exclama—. ¿Y ahora cómo lo sacamos de aquí?

—Dejando la puerta abierta —dice Selma y entra tan tranquila.

Rahel deja a un lado el mechero y el cigarrillo.

—Tiene que ser grandioso crear algo así de la nada —dice Selma tras recorrer el taller con la mirada. Acaricia una escultura de madera a medio terminar que hay encima de una mesa. Luego se vuelve de golpe hacia Rahel—. A mí no hay nada que se me dé realmente bien —dice, y al cabo de unos segundos añade—, excepto dibujar, quizás.

Por el rabillo del ojo, Rahel ve pasar corriendo al gato. Por suerte, en dirección a la salida.

—Ay, sí, siempre has dibujado muy bien —confirma Rahel—. Y cantas muy bien. Además, eres... una madre muy cariñosa.

Esta última parte la dice en voz baja, casi susurrando. Al ver la chispa de ilusión en los ojos de su hija, le entran ganas de abrazar a Selma y pedirle perdón. ¿Pero entonces qué? Se habría abierto la caja de Pandora, Selma se moriría de autocompasión, eso no serviría de ayuda a nadie.

Rahel se acerca un poco a Selma y contempla la escultura.

—Es madera de raíz —dice Selma.

Rahel asiente con la cabeza y renuncia a corregirla. Es una lupia, lo llaman raíz, pero en realidad es una protuberancia del tronco. Al examinarla en detalle, Rahel reconoce en ella la forma de un gato enroscado. La superficie es lisa y oscura, la estructura de una belleza extraordinaria. Lo único que parece sin terminar es la cabeza del gato. Selma la recorre con los dedos.

—¡Mira! Es el gato al que le falta una oreja. Sería un regalo perfecto para papá por su cumpleaños. ¿Puedes preguntarle a Viktor si nos la vende?

—No sé yo si Viktor tendrá la cabeza para estas cosas. Ni siquiera sé lo que entiende todavía y si es capaz de hablar.

Rahel traga saliva. Su imaginación se resiste, lógicamente, a aceptar la imagen de un anciano débil víctima de un infarto. «Y concluye con rotundez que si no es aceptable no puede ser», diría Peter si estuviera allí, haciendo gala de su ilimitado repertorio de citas[6].

---

[6] En este caso, es de un poema irónico de Christian Morgenstern, «*Die unmögliche Tatsache*» («El hecho imposible»), de 1909: «*Und er kommt zu dem Ergebnis/„Nur ein Traum war das Erlebnis./Weil", so schließt er messerscharf,/„nicht sein kann, was nicht sein darf"*». *(N. de la T.)*

—¿Selma?

Es Peter el que la llama. Acto seguido aparece en la puerta con Theo en brazos.

—Ay, cariño... —dice Selma y coge al niño que le entrega su padre.

—Max sigue durmiendo.

Peter lleva el pelo revuelto, la camisa mal abrochada. Por lo que parece, Theo lo ha despertado de la siesta. Theo se aprieta un momento contra su madre y empieza a chuparse el dedo. Pero pasados unos segundos ya se aparta y quiere bajar. Ese diablillo en el templo sagrado de Viktor... es demasiado para los nervios de Rahel; antes de que haga algún estropicio, lo saca al patio con delicadeza. Selma va detrás de ellos, lleva escrita en la cara la rabia que le ha dado que los expulsaran del lugar.

Hasta la hora de la cena, cada uno se va por su lado. Peter, de paseo con Baila y Theo, Selma y Max a bañarse.

Rahel se queda trabajando en el jardín. La lluvia ha servido para refrescarlo todo. Con unas tijeras de podar y un cubo de basura, va de un lado para otro cortando flores secas y brotes muertos de los arbustos, le quita las hojas amarillas al rododendro, abona las hortensias y las rosas y lleva un puñado de lavanda a su cuarto, donde lo envuelve en un pañuelo para colocarlo entre su ropa. Ayer vio una polilla revoloteando por allí.

Decide poner lavanda en el cuarto de Peter también, pero entonces oye el timbre del teléfono en el piso de abajo.

Es Ruth. Pregunta rápidamente por los animales y si ella y Peter están bien, reacciona con un impaciente «sí, sí, claro, sin problema» a la noticia de que también ha ido Selma a pasar unos días y pasa a hablar de Viktor sin más rodeos.

—Ya no es el mismo —dice y luego se calla un rato.

Rahel escucha con tanta atención ese silencio que hasta se olvida de respirar unos instantes. Viktor sí que anda, pero despacito y cojeando; sí que puede hablar, pero solo con frases cortas, y sí que puede comer, pero simplemente se olvida de hacerlo. Tiene bien claro en qué condiciones se ha quedado, su época de artista en activo ha tocado a su fin. Ha perdido la motricidad fina, el manejo de herramientas sería imposible. Sí que le han dado ciertas esperanzas la neuróloga y el fisioterapeuta, pero los plazos tan largos de los que hablan lo han desanimado.

—Ese hombre es mi vida, Rahel —dice Ruth en voz baja—. Y lo que pasa es que... es que ya... ya no es el que era.

De nuevo, se calla, y Rahel cree oír un sollozo ahogado, aunque cuando Ruth se despide, su voz vuelve a sonar tan firme y decidida como siempre.

Rahel siente más afinidad con las naturalezas luchadoras que con las plañideras. En algún momento de su torturada pubertad, también Selma lo descubrió.

—Ya es raro que te hicieras psicóloga precisamente tú —le dijo al tiempo que se metía un puñado de patatas fritas en la boca, añadiendo mientras masticaba—. Tú que solo quieres a los triunfadores. La gente débil no te inspira ningún respeto.

Rahel no se había defendido. Aunque aquello no era cierto; no le importaba el triunfo, era la lucha lo que merecía su respeto.

Sale al patio y ve llegar a Peter con Baila. Theo va a lomos de la yegua muy orgulloso, agarrado a las crines. Un enérgico «¡Brrrr!» la manda parar, y Theo se deja caer directamente en los brazos de Peter.

—Hasta hemos ido al trote —cuenta Peter—. Este niño no le tiene miedo a nada.

Riendo, menea la cabeza y lleva a Baila al establo. También llega Selma desde la otra dirección, con Max a hombros y cantando, se agacha para que baje y al momento ya tiene en brazos a Theo. No es de extrañar que suela estar agotada y de los nervios. Los niños no se le despegan en todo el día. O los lleva a la espalda o a hombros, o le piden brazos. Y eso que los dos andan perfectamente desde hace tiempo. Ese tipo de cercanía con los niños no la ha vivido Rahel ni con Selma ni con Simon. Podría haberla tenido, pero en su época nadie iba por ahí con los niños encima. Los llevaban en sus cochecitos de paseo o en sus cestillos y luego pasaban al corralito hasta que andaban. A principios de los noventa, en el este de Alemania tenían cosas más importantes que hacer que llevar a los niños a cuestas. ¡Bastante suerte tenían con haber venido al mundo siquiera! La caída de la natalidad que siguió a la desaparición de la RDA fue tremenda. De las antiguas compañeras de colegio de Rahel, muchas no tuvieron más que un hijo y unas cuantas, ninguno.

* * *

La cena transcurre en asombrosa armonía. Theo se mete en la boca un pedazo de pan con paté tras otro y mastica con gusto. De cuando en cuando, Selma le cuela un pedazo de pepino o de manzana entre bocado y bocado. Max, a quien por buenas razones le han puesto un babero con mangas, come papilla de sémola con puré de manzana a cucharadas. Cuando Peter va a servirle vino a Selma, ella cubre su copa con la mano.

—Sabéis que sois alcohólicos, ¿verdad? —pregunta en un simpático tono de suficiencia que hace reír a Rahel—. Pues no le veo la risa —dice.

—Será «no le veo la gracia» —la corrige Rahel.

Y luego siguen comiendo, como si no hubiera pasado nada, y Peter vuelve a contarles con todo detalle la excursión que ha hecho con Baila y Theo, el miedo que le tiene la yegua a los miradores de cazadores, a las lonas que aletean con el viento, a los tocones de madera y a los pájaros que levantan el vuelo. Cada vez que pasaban junto a algo de eso, se apartaba a un lado, agachaba las orejas y Theo se reía y gritaba «¡Arre!».

Hacia las ocho, Selma sube con los niños para acostarlos. Parece que se ha quedado dormida con ellos, porque ya no vuelve a la mesa. También Peter se retira. Rahel espera hasta las diez, luego se mete en su habitación, un poco decepcionada y un poco aliviada.

Nunca se sabe qué deriva pueden tomar las conversaciones con Selma, y mañana será otro día.

Sábado

Durante la noche ha vuelto a llover, y cuando Rahel abre la ventana de su cuarto por la mañana le llega desde el bosque una brisa fresca y límpida. Ha dormido con tapones en los oídos por los niños. Aislarse así del mundo fue recomendación de Peter. Él mismo ya no duerme de otra forma desde hace años. Entretanto, también Rahel ha aprendido a valorar el buen descanso. Pasar la noche como envuelta en algodón, sin escuchar nada más que a su interior, no tener que estar alerta por si hay que levantarse le sienta muy bien después de casi dos décadas de crianza. Lo que necesiten por la noche Theo y Max es responsabilidad de Selma.

El día de ayer resultó tan tranquilo que recibe el de hoy con alegría. Desenrolla la colchoneta de yoga y hace unos estiramientos. Desde el exterior le llega el chillido de un gavilán y el ruido de los cascos de la yegua sobre el empedrado del patio. Peter lleva a Baila a ponerle las cinchas. Su compasión por esa yegua aumenta de día en día.

—Un animal de manada sin manada... —dijo ayer, meneando la cabeza— si al menos tuvieran otro caballo...

—Ya te tiene a ti —le replicó Rahel con una sonrisa a la que él respondió con una mirada muy reveladora.

El sonido de los cascos se desvanece, y también el gavilán se calla. En cambio, se oyen las voces de los niños en el patio.

—Venid, vamos a ver si han puesto huevos las gallinas —los llama Selma, muy animosa, y al momento salen los dos corriendo y chillando.

Rahel está sola en la casa. Coloca los pies a la altura de las caderas sobre la colchoneta, levanta los brazos juntos por encima de la cabeza, toma aire y empieza la serie de posturas que conoce bien. Repite diez veces la secuencia del saludo al sol, y ahí ya se siente con energía y ánimos para enfrentarse a la jornada.

En la cocina se encuentra con Peter, que al pasar le acaricia el brazo un instante. Minutos después, ella todavía siente la caricia, y cuando se sientan a la mesa, uno frente al otro, parece que se hubiera reducido la distancia entre ambos. A continuación se abre la puerta y Selma y los chicos irrumpen en la atmósfera de ternura de aquella mañana.

* * *

Después del desayuno, Rahel se dispone a arreglar otro de los arriates de flores que están hechos una pena, mientras el resto de la familia se marcha al lago.

—Igual me voy al economato con el coche —les dice levantando la voz, porque ya están lejos, y Selma se vuelve y exclama:

—No lo llames economato como en el este. Se dice su-per-mer-ca-do.

Al menos una hora de trabajo la dedica al arriate. Al final, se arrodilla delante y contempla el resultado; apoya las manos sobre la tierra blanda y húmeda, hunde los dedos y permanece un rato así. En su imaginación, extrae fuerza de la tierra igual que una planta. Se sonríe ante la estampa que debe de estar dando, pero no la ve nadie, a nadie le perturba. Luego, como en respuesta a una orden repentina, se pone de pie, se lava las manos en el agua de lluvia recogida en los toneles y entra en el taller.

Contempla los dibujos, uno tras otro. Espera que le hablen. Los que la representan a ella de niña le provocan un dolor como el de un aguijón. La cara de la niña tiene la expresión de una madurez demasiado temprana. Viktor captó un sentimiento de estar perdida que Rahel recuerda bien.

Ojalá su madre la hubiera guardado de aquel sentimiento. Rahel no tendría que haber dejado partir a Edith sin insistirle. De no haber estado Ruth con ella todo el tiempo, de no haberla tenido como pegada a la cama de la moribunda, igual Rahel habría tenido el valor de preguntarle una última vez. En el fondo, no se terminó de creer nunca que su madre fuera incapaz de encontrar a su padre a pesar de buscarlo tanto.

Ahora es demasiado tarde. Al morir Edith enterraron también la verdad.

¿Y si fuera Viktor? Conociendo a Edith, podría ser.

Rahel devuelve los dibujos al cajón, coge el cigarrillo, lo hace girar entre los dedos sin decidirse y lo deja a un lado una vez más. La idea es espantosa. Una mentira de semejante calibre, sostenida durante una vida entera. Se apoya con ambas manos en el armario. Luego sale corriendo al patio y sube corriendo a su cuarto. Como loca, busca el teléfono y marca el número de Tamara.

—Hola, Tamara —dice, y enseguida añade—, te voy a preguntar una cosa y quiero que, a toda costa, me digas la verdad. Te aseguro que es...

—Gracias por tu interés, Rahel —interrumpe Tamara—. Estoy bien, dentro de lo que cabe. Bernd, por favor, echa un vistazo que no se nos queme el arroz. Estoy al teléfono con mi hermana. Bueno, ya he vuelto.

—Tamara, por favor.

—Sí, sí. ¿Qué quieres saber?

—¿Nuestra madre habló contigo de mi padre alguna vez? ¿Tú sabes quién es?

—¿Y tú qué te piensas? ¿Crees que te lo habría ocultado?

Rahel inspira profundamente.

—No lo sé. Por eso te lo estoy preguntando.

—Muy propio de ti. Siempre me crees capaz de lo peor. Antes, por lo visto, siempre tenía envidia de tu marido y tus maravillosos hijos, y ahora por lo visto aun soy una mentirosa.

—Yo no he dicho eso.

—Pues viene a ser lo mismo, Rahel.

Al rato, tras un silencio y con voz cansada, prosigue:

—Rahel, no tengo ni idea de quién es tu padre. Nuestra madre no habló de ello conmigo en la vida. Y ahora mismo tengo problemas mucho más graves. Bernd está cada vez peor de los ojos. Su campo de visión se estrecha más y más. En uno o dos años se habrá quedado ciego. Nuestro hijo apenas gana para pagarse el alquiler, ya me dirás, dedicarse a la construcción de ferias ahora que no hay ferias... En fin, con la pandemia, unos han salido peor parados que otros. Ese es el panorama que tenemos, Rahel. Pronto seré la única de la familia que gane un sueldo.

—Lo siento, Tamara. De verdad que lo siento mucho.

—En fin, es lo que hay. Tengo que volver a la cocina.

Al dejar el teléfono a un lado, una llamarada de calor recorre el cuerpo de Rahel. Lo más inmediato ni se le ha pasado por la cabeza. Tendría que haberle ofrecido ayuda a Tamara.

En el mismo momento, empieza a ponerle un mensaje de texto, pero antes de enviarlo entra Selma.

—¿Puedo hablar contigo un momento, mamá?

Sin esperar la respuesta, pasa por delante de ella y se sienta encima de la cama.

—Igual me separo de Vince —dice, levanta la cabeza y cruza los brazos. Y, a continuación, rompe en sollozos. En unos sollozos que parten el corazón. Le tiembla todo el cuerpo, le tiemblan las manos, y Rahel corre a sentarse a su lado y la rodea con los brazos.

* * *

Cuando Selma se sube a la habitación con los niños después de comer, Peter y Rahel se quedan en la cocina. Él mete los platos sucios en el lavavajillas, ella hace café. En el patio, se sientan en un banco detrás del cobertizo.

—Tienes que quitarle esa idea de la cabeza —dice Peter en tono suplicante—, si es que no tiene ni un solo motivo concreto... Dice que sus sentimientos por él ya no son los mismos —describe un gesto con las manos en el aire—. ¡Sus sentimientos! ¡Que no son los mismos! Haz el favor de explicarle que eso es normal. Que los sentimientos cambian. Nuestros sentimientos tampoco son los mismos.

Rahel le lanza una mirada de desconfianza que él parece no captar.

—Pero ya no tienen relaciones —objeta Rahel—, y ella se enamoró...

—Pues que pasen una temporada sin tener relaciones. Y lo del enamoramiento...

—Peter, es joven. A su edad sí que es importante eso.

Él menea la cabeza.

—A los hombres siempre nos echan en cara que nos mueve cierto instinto, pero poco a poco tengo la sensación de que las mujeres no vais precisamente a la zaga en este sentido.

A Rahel casi se le escapa una carcajada, pero se lo impide lo inusualmente alterado que ve a Peter.

—Bueno, claro, vosotras lo llamáis de otra manera —prosigue—. En las mujeres, por lo visto, se llama «estar emancipadas».

—¿Qué te pasa, así de repente? —Rahel se aparta un poco de su lado.

—Nada. Solo que no pienso quedarme mirando sin hacer nada, mientras nuestra hija destruye su familia por un capricho. Además, nuestra casa ya no es adecuada para tanta gente.

—¿Qué quieres decir con eso?

—Ah, que no te lo ha comentado. Pretende mudarse a nuestra casa con los niños, para empezar. A fin de cuentas, no tiene trabajo y tampoco dinero.

El «¡No!» de Rahel sale automático. El resto de cosas que dice Peter son como el sonido de la lluvia. En tanto que él perora sobre esos prontos de su hija, que revelan que sale un poco a Edith, en la mente de Rahel se cristaliza una imagen: su casa sumida en el caos, Theo y Max con las bocas y las manos todas pringadas de chocolate, ella parada junto a los fogones y Peter refugiado en su despacho. La única que falta en el cuadro es Selma.

—No, eso sí que no puede ser —se oye decir con una voz que no parece la suya.

—En caso de emergencia sí que podría ser —replica Peter—, pero esto no es ninguna emergencia. Es que se ha encaprichado de un cantamañanas que hace no-sé-qué cosa de arte.

—Instalaciones electroacústicas —explica Rahel.

—¡Instalaciones electroacústicas! —repite Peter irritado, y
añade—: El trabajo ideal para mantener a una familia. Totalmente a prueba de crisis. Rahel le pone una mano en el brazo y Peter la rechaza.
—Me voy a pasear un rato —farfulla, se levanta y atraviesa
el prado en diagonal en dirección al bosque.

Con el ánimo por los suelos, Rahel vuelve a la casa. Da un rodeo y ve a Selma a lo lejos, subida en la piedra del glaciar. Con
el teléfono pegado a la oreja, se balancea peligrosamente, hace
vehementes gestos con el brazo libre y echa la cabeza hacia
atrá; una y otra vez. Como movida por una repentina inercia,
Rahel avanza con sigilo para pasar por delante de ella. Para su
sorpresa, se encuentra con una escena extrañísima: la cigüeña, flanqueada por cuatro gatos, recorre el patio. Parece haber
ganado confianza en sí misma en los últimos días. Casi con
desvergüenza, se dirige a la puerta de la casa y, en el umbral,
se pone a aletear como una posesa. Los gatos salen bufando
en todas direcciones, a lo lejos se oye relinchar a Baila. ¿Pero
qué es esto? ¿Un complot para la revolución? Rahel se acerca
de puntillas y hace «ksss, ksss» para espantar a *Meister* Adebar. A esas horas hace ya tanto calor que no desea más que
meterse en casa. El inesperado obstáculo con alas es un fasti-
dio. «¡Ksss, ksss!» repite, pero la cigüeña no se aparta. Rahel
agarra una escoba que tienen apoyada en el muro de la casa y
barre en su dirección. Por fin, el animal se marcha dando zancadas, sin darse mucha prisa ni impresionarse mucho, pero le
deja libre la puerta.

Una vez en su cuarto, se tumba en la cama. Peter dice:
«Bien, hay que hacer entrar en razón a Selma». Cierra los ojos
y esboza unas cuantas frases inteligentes, aderezadas con todo lo que la experiencia profesional le ha enseñado: elogios

y muestras de que la valoran y se hacen cargo de todas sus contradicciones. También se prepara para responder a las acusaciones que tendrá que escuchar y se jura mantener la calma incluso aunque Selma le eche la culpa de las atrocidades más exageradas.

Lo vive a diario en la consulta. ¡De qué no tendrán la culpa los padres! Juzgando con los parámetros actuales, a Edith le tendrían que haber quitado la custodia de sus hijas. Como a la mitad de los padres de entonces. El mero hecho de elogiar poco a los niños despierta indignación. Hace poco, una paciente joven se le quejó de que sus padres no la elogiaban más que cuando hacía algo especialmente bien. «¿Y por qué iban a elogiarla si no?», estuvo a punto de preguntarle ella, aunque fue capaz de reaccionar y lo formuló de otra manera.

—Intuyo de esto que los elogios tenían un valor especial para usted.

Cuando la joven se limitó a encogerse de hombros, Rahel siguió preguntando:

—¿Habría tomado usted en serio a sus padres si la hubieran elogiado todo el tiempo por todo, por las cosas más corrientes? ¿Habría tenido valor el elogio entonces?

La joven se puso a mordisquearse el labio inferior y se encogió de hombros otra vez. Rahel le puso como tarea reflexionar sobre esa pregunta. Como tantos pacientes, aquella joven lo medía todo con el rasero de lo ideal y no con el de lo real. La consecuencia directa inevitable es el fracaso.

También en Selma observa esas tendencias. En voz baja, Rahel ensaya el discurso que quiere soltarle. Con frases cortas, claras y amables, le construirá a su hija un puente para el entendimiento. Cierra los ojos, de murmurar pasa a balbucear entre dientes y luego se le emborronan los pensamientos porque cae en un ligero sopor.

Cuando despierta, se estremece. Tiene la sensación de haber estado allí echada durante horas, cuando en realidad han sido apenas treinta minutos. Frente al espejo, se recoge el pelo en un moño y, con el dedo, se pone un poco de crema debajo de los ojos.

Selma está sentada en la cocina, con la mirada fija.

—Quiere quedarse a los niños —suelta esta antes de que Rahel haya tenido tiempo de sentarse.

—¿Quién quiere quedarse a los niños?

—Vincent.

—A ver, despacio y desde el principio.

—Vince y yo nos hemos peleado por teléfono, y yo le he dicho que no sé si podemos seguir juntos, y entonces me ha dicho que yo me puedo ir a donde quiera, pero que los niños se quedan con él.

—Un momento, hija. Una cosa así no la podéis hablar por teléfono. No puedes ponerle fin a tu matrimonio por teléfono.

La imagen de Selma subida en la piedra, gesticulando con el vestido al viento vuelve a su mente. Sin querer, menea la cabeza en gesto de desaprobación.

—Me ha provocado él y...

—¿Cómo que te ha provocado?

—Me ha preguntado si Theo y Max se están acostando a su hora o no. Y si no estarán yendo descalzos, porque todavía no los hemos vacunado del tétanos y... ¡yo qué sé! Ese tipo de cosas. ¡Si es que todo lo sabe él mejor que nadie!

Rahel guarda silencio.

—Sí, ya —añade Selma mordaz—, para ti y para papá, Vince es lo mejor del mundo.

—Le apreciamos, y eso también quiere decir que te valoramos a ti. Después de todo, tú lo elegiste.

—¡Pero fue un error, mamá!

—Tenéis dos hijos, tanto error no puede haber sido.
Rahel no ha oído llegar a Peter. Trae la cara colorada, se le marcan cercos de sudor bajo las axilas de la camisa, habitualmente impoluta. Coge un vaso, se sirve agua del grifo y la apura de un trago. Luego se sienta a la mesa con ellas.

—Los niños no son un error, por supuesto que no —reconoce Selma.

—Ese es un buen punto de partida.

Peter acaricia el pelo de su hija, quien, durante la media hora que sigue, al menos no rechaza en rotundo los consejos de sus padres para resolver el conflicto. Poco antes de que los tres den un respingo al oír un estrépito en las escaleras, Rahel hasta la tiene casi convencida de ir a una terapia de pareja.

Al ver a los niños, la cara de Selma se ilumina. Max no lleva puesto nada más que un pañal sospechosamente caído y una bota de goma que, sin duda, le queda enorme, en el pie derecho; Theo lleva la bota que hace pareja en el izquierdo y, por lo demás, va desnudo. Con agilidad, se sube al regazo de Selma. Desde esa posición segura y con gesto serio, combate los torpes intentos de Max de subirse también él. Cada vez que las manitas de Max se agarran al vestido de Selma, Theo aparta a su hermano con un fuerte empujón.

—No, Theo —dice Selma con voz suave y le da un beso.

Rahel respira hondo, agarra a Max y se lo sube a las rodillas.

«No me hagas abuela demasiado pronto. Necesito al menos diez años de descanso», fue una de las últimas frases que le dijo a Selma el día que esta se independizó. No es que estuviera muy convencida de que su hija fuese a hacerle caso, pero no quería dejar de decírselo.

A Max no le convence nada la solución.

—¡Mamáaaa! —lloriquea y alarga los brazos hacia Selma.

¡Qué fuerza posee un cuerpecito tan pequeño! Rahel lo tiene bien abrazado y, aun así, casi se le escapa.

—¡Mamáaaa! —se agarra Theo a Selma todavía más fuerte, mirando a su hermano con fría curiosidad. De empatía, nada. Selma suspira, luego deja a Theo en el suelo.

—Voy a la piedra otra vez —dice, coge su móvil y desaparece.

Antes de que los niños puedan echar a correr detrás de su madre, Peter cierra la puerta y se queda delante de ella como un guardia. Rahel les promete hacer tortitas. De momento, eso los calma.

—¿A quién habrá ido a llamar? ¿A Vincent o al de las instalaciones electroacústicas? —pregunta Peter.

—Vincent es mi papá —explica Theo.

Rahel lanza una mirada de reproche a Peter y se lleva el dedo índice a los labios. El niño se entera de más de lo que ella pensaba.

—Anda, sube y vístete —le dice.

Luego se pone a buscar los ingredientes para la masa de las tortitas y manda a Peter al baño con Max para cambiarle el pañal.

Theo, a pasitos, vuelve a aparecer en la cocina, vestido con una camiseta nada más.

—Abuela, ¿sabes una cosa? —levanta la voz para compensar el ruido de la batidora.

—¿Qué? —dice Rahel, igualmente en alto.

—Mi papá lloró.

Rahel apaga la batidora y se vuelve hacia el niño. Theo se frota los ojos e imita un fuerte sollozo.

—Y mi mamá hizo esto.

Coge una taza de la mesa y la estampa contra el suelo antes de que Rahel pueda impedirlo. Con la cabeza ladeada, el niño contempla los añicos.

—Se ha roto —confirma, trepa a una silla y se sienta muy derecho.

—Los mayores se pelean, igual que os peleáis Max y tú. Pero luego se reconcilian —dice Rahel, aunque ella misma no está muy convencida. Con un cepillo de mano, barre los añicos.

A medida que la primera tortita de color dorado va desapareciendo, pedazo a pedazo, en la boca de Theo, Rahel vuelve a respirar a fondo. Como todo el mundo dice: hijos pequeños, problemas pequeños. Hijos mayores, problemas mayores. Que Selma no se controle ni siquiera delante de sus hijos no es buena señal.

Durante el resto del día, Rahel deja estar el tema. Peter parece tener el mismo interés nulo en continuar con la conversación. Hasta la noche se mantiene el ambiente calmado, más allá de la cena y hasta la hora de irse a la cama. «Mañana...», piensa Rahel, antes de apagar la luz, «ya veremos».

Domingo

En medio de un saludo al sol, irrumpen en su cuarto Theo y Max.

—Enseguida vuelvo —se oye a Selma en el pasillo.

Los niños se ponen a brincar y a hacer el bruto encima de su colchoneta.

—¿Dónde está el abuelo? —pregunta Rahel con la esperanza de librarse de ellos.

—Donde las gallinas —exclaman a coro.

Acto seguido empiezan a pegarse, y, con un suspiro, Rahel les deja toda la colchoneta para ellos. Va al baño contiguo y se mira en el espejo. «No estoy como para que me siga con la mirada nadie», piensa.

Con mala suerte, no volverá a desearla nadie en la vida. Nunca volverá a abandonarse por completo en la embriaguez de la pasión. En lugar de ello, como tantas otras mujeres que van cumpliendo años, se apoyará en los nietos y canalizará en su cuidado esos instintos jóvenes y rebosantes de energía, olvidando poco a poco sus propias necesidades. Y ese olvido traerá como consecuencia que su feminidad se vaya neutralizando y que pronto deje de verse como mujer para ser solamente una abuelita.

Coge una toalla y se la echa por la cabeza. Pone una mueca de bruja y se asoma por la puerta de su cuarto, donde los niños, al verla, dejan de agitarse y empiezan a chillar.

Más tarde se encuentran todos en la cocina. A Selma se la nota descansada, casi se diría luminosa, hasta Peter se da cuenta.

—Qué contenta has amanecido —dice.

Selma sonríe y se encoge de hombros, como si quisiera decir: «¿Y por qué no?». Ese aire relajado y de buen humor así como el sano apetito que muestra despiertan la desconfianza de Rahel. En cuanto los niños se terminan la papilla de avena y salen por la puerta, pregunta a su hija directamente. Selma parece que se lo esperaba.

—Es que creo... —comunica en tono solemne— que por fin sé a qué quiero dedicarme profesionalmente.

Peter enarca las cejas con gesto de sorpresa, y a Rahel se le escapa un:

—Vaaya.

—Sabéis lo mucho que me gusta dibujar. Hace poco le dibujé un cuento a Theo. Y en Leipzig hay una carrera de Ilustración y Artes del Libro.

—¿En Leipzig?

—Sí, en Leipzig —confirma Selma con una determinación de hierro, lanzando una mirada sombría a Rahel—. De todos modos, se supone que Leipzig es mucho más *cool* que Dresde.

—¿Y los niños? —pregunta Rahel de inmediato.

—Ahí tendría que mirar... Todavía no he pensado del todo cómo hacerlo.

—Ya, ya, eso me parece a mí también —interviene Peter.

Selma mira a su padre y a su madre alternadamente. Frunce los labios y guiña los ojos.

—Sois unos... unos...

—¿Conservadores de mierda? —pregunta Peter sonriendo y añade—: Somos tus padres, Selma, no tus amigos. Nuestra obligación no es seguirte la corriente, sino también decirte cosas que algunas veces igual no quieres oír.

Sin pronunciar ni una palabra más, Selma sale por la puerta a toda prisa. Es imposible seguir el ritmo de sus ocurrencias. Ayer aún opinaba que la terapia de pareja podría serles de ayuda, hoy, probablemente por haber hablado con el de las instalaciones electroacústicas, pretende poner toda su vida patas arriba. Rahel esconde la cara entre las manos y se queda sentada a la mesa sin decir nada.

—Tranquila —Peter le pone una mano en el hombro—, ya sabes cómo es. Mucho ruido y pocas nueces.

—Eso no lo tengo yo tan claro ahora mismo —murmura Rahel.

Desde siempre le ha parecido un abuso que Selma les soltase sus ideas más descabellas sin filtro alguno, a bocajarro. Ya casi había olvidado el esfuerzo que hay que hacer para no perder el equilibrio una misma.

A través de la ventana, ve a Selma con Max en brazos. El pequeño aprieta las manitas contra las mejillas de su madre, dice algo que la hace reír y, en seguida, se suelta de sus brazos.

Rahel siente un escalofrío. Hace mucho que no pensaba en una cosa... no pensaba en que también ella podría ser madre de un niño pequeño.

Poco después de su cuarenta y cinco cumpleaños, descubrió que se había quedado embarazada. De entrada, se sintió furiosa. Furiosa consigo misma por haber cometido un descuido semejante. Ni se acordaba de cuándo podría haberse quedado, cuando otras parejas tienen que hacer Dios sabe cuántos cálculos para concebir un hijo. Furiosa con Peter, pues no sería el cuerpo de él al que someter a la interrupción del embarazo. Furiosa por cómo reaccionó Peter.

Cuando se lo contó, él se quedó mirándola con gesto de feliz sorpresa, pero ella le soltó un bufido:

—¡Peter! ¡Que tengo cuarenta y cinco años!

Con eso estuvo todo decidido. Concertaron las citas que hicieron falta, tuvo lugar el procedimiento y apenas volvieron a mencionar el asunto. A sus hijos, obviamente, no les contaron nada.

—Salgo un rato con Selma.

La voz de Peter despierta a Rahel de su ensimismamiento. Asiente con la cabeza y piensa que quienes no tienen niños, en cierto modo, siguen siendo niños. Pueden ser personas maravillosas, pero siempre les faltará cierta dimensión en sus vidas.

En el patio, Peter habla con Selma. Él está cruzado de brazos y sus labios se mueven sin cesar. Selma mira en diagonal hacia arriba, hacia el cielo sin nubes. A los niños no se les ve, Rahel solo oye sus vocecitas.

Luego se levanta y sale.

—¡Theo! ¡Max! —los llama—. Venid, que nos vamos al lago.

Los dos llegan corriendo, y Peter le lanza una mirada de agradecimiento.

Durante toda la tarde, Selma parece evitar su compañía. También con los niños se muestra distante. A veces se mete en el baño y se queda allí una eternidad, luego va adonde la piedra a conectarse con el mundo exterior, como ella dice. Se escabulle de la casa, en tanto que los niños zampan natillas con frambuesas, y no aparece hasta pasada una hora entera. Sin dar explicaciones.

—Déjala —dice Peter—. Está dándole vueltas a todo.

Por otra parte, tienen la sensación de que, por primera vez en su vida, Selma muestra cierta ambición por hacer algo; así que tampoco pueden descartar del todo sus nuevas ideas. La falta de ambición de Selma fue un verdadero problema en sus años escolares. Cuando sacaba un aprobado raspado en un examen, no le suponía ningún disgusto, sino que explicaba con una sonrisa que desarmaba a cualquiera que, para aprobar, había que saberse la mitad de la materia y que la mitad ya era un montón. Se ponía furiosa cuando Rahel se preocupaba y le preguntaba cómo era posible que se conformase con lo mínimo en lugar de aspirar a lo mejor. Cuando se hizo un poco mayor, Selma echó en cara a Rahel que solo la quería si sacaba buenas notas. Tenían unas discusiones atroces, largas tardes de lágrimas en la mesa de la cocina, reproches y, finalmente, noches en vela. El resultado fue igual a cero. Mientras que la ambición de Simon solía necesitar que le pusieran freno, Selma parecía carecer de ella por completo.

Además, por aquella época, Selma empezó a vestirse de un modo realmente provocativo. Llevaba una pinta con la que era casi imposible no quedarse mirándola. De todos los que la miraban más de unos segundos decía que eran unos cerdos y unos pervertidos, y cuando Peter le exigió que al menos para ir a la escuela se pusiera ropa normal y Rahel osó preguntarle si acaso le parecería bien que sus profesores fueran a clase con medio pito fuera, toda su respuesta fue un resoplido cansino y una sonrisa de desprecio.

Rahel y Peter vivieron aquella fase como quien se enfrenta a una enfermedad... con paciencia y un nudo en la garganta por miedo a que le sucediera algo malo. A diario esperaban que su hija volviera a casa sin haber sufrido ningún incidente y que aquello se le pasara pronto. Y se le pasó. Como tantas otras fases.

Simon, que no daba ni la mitad de problemas, tampoco recibió ni la mitad de atención. Atravesó la pubertad sin pena ni gloria, todo lo que hizo fue emborracharse un par de veces o llegar un par de veces más tarde de la hora convenida. Y ya. El centro de su vida era el deporte. La escuela no le resultaba difícil. Para disgusto de Peter, no valoraba nada la literatura, aunque leyó todos los libros de historia que tenían en la biblioteca de casa.

A Rahel no le extraña que sea Selma quien predomina en sus recuerdos. Como también las amigas de Selma, que entraban y salían de su casa en hordas. Ocupaban la cocina, celebraban orgías de hacer pasteles o lo que tocara, escuchaban música a todo volumen y espantaban del lugar a los restantes miembros de la familia. Tomaban el cuarto de baño para teñirse el pelo, echaban a perder las toallas, contaminaban el aire con la peste a decolorante y, si se la cruzaban por el pasillo, hablaban con vocecillas almibaradas: «Hola, señora Wunderlich». Durante horas, invadían la terraza y, en algún momento, se marchaban como un enjambre y montando un lío tremendo para despedirse. Más a menudo aún, y esos eran los peores días, se quedaban a dormir todas en el cuarto de Selma y saqueaban la nevera durante la noche.

Cuando venía alguien a ver a Simon, a lo sumo era una persona a la que recibía en su cuarto. Cerraban la puerta y no salían de allí.

A última hora de la tarde, antes de cenar los mayores, Theo y Max comen pasta con salsa de tomate a dos carrillos. Rahel los contempla agotada.

Algo es algo... al menos están sentados. A la mesa.

Max coge con la mano una espiral de pasta e intenta estirarla. Cuando se le rompe, la tira al suelo.

—¡No! —le regaña Rahel.

—¡Deja en paz a mi hermano! —grita Theo rabioso.

Max, por su parte, sigue tirando trocitos de pasta debajo de la mesa. Theo le da un fuerte manotazo en los dedos y le grita:

—¡No!

La mirada con la que espera cosechar el aplauso habla por sí sola, pero Rahel no le dice nada.

Ya solo queda esa noche. Y la mañana del día siguiente. Luego volverá la calma.

Semana 2

Lunes

Selma, con una taza de café entre las manos, está de pie frente
a la radio. La ha puesto tan fuerte que la voz del locutor dando
las noticias eclipsa la de los niños.

Rahel va derecha hacia el aparato y baja el volumen. No le
apetece oír las noticias.

—¿Alguna novedad en el mundo? —pregunta, tratando de
sonar lo más relajada posible.

—Apenas hay mujeres en los cargos importantes, eso es
lo que hay —le espeta Selma indignada—. Los hombres no
sueltan el poder. Es increíble. La proporción en Alemania es
de vergüenza. Peor que Polonia.

—Pues ya sabes... —dice Rahel animándola.

Selma le lanza una mirada interrogante y desconfiada.

—¿Qué impide a una mujer joven como tú estudiar Eco-
nomía y llegar a ocupar un alto cargo? —pregunta Rahel, y a
medida que va diciéndolo se da cuenta de que habría hecho
mejor en callarse.

—¿Perdona? —replica Selma en tono agresivo, señalando
con el brazo estirado y el dedo índice recto a Max y a Theo, que
están debajo de la mesa tomándose su papilla del desayuno a
cucharadas.

—Ah, claro —contraataca Rahel, se pone en cuclillas y dice con voz dulce y cantarina—: ¿Qué, pequeños obstáculos en

la carrera materna, queréis subir a sentaros a la mesa con la abuela?

—Es que no puedes evitarlo, ¿verdad? —ahora la voz de Selma suena agotada—. Me tienes que humillar como sea.

Rahel se pone de pie, suspira y da un paso hacia su hija.

—Solo te quiero hacer ver que la cosa es más complicada de lo que parece. Que no solo es una cuestión de sed de poder de los hombres, sino también de decisiones personales de las mujeres.

—Pues entonces dímelo con esas palabras en lugar de atacarme... con Simon seguro que no hablabas así.

Rahel siente cómo se sonroja de vergüenza. Selma tiene razón. También es cierto que Simon no dice tantas tonterías. La ingenuidad de su hija pide a gritos que la corrijan. Esa manera que tiene de dividir a las personas en dos categorías, verdugos y víctimas... ¡Qué visión del mundo más infantil!

—Perdóname —le dice a Selma de todas formas para no estropear las últimas horas juntas.

Theo y Max dejan sus tazones debajo de la mesa y salen corriendo al patio. Al momento vuelven a entrar muy nerviosos, tiran de Rahel y de Selma y las miran serios y asustados con unos ojos como platos. En el patio les muestran el motivo de su desazón. Encima de la tapa de un viejo cubo de plástico hay un montón de ratones y pollitos de un día de nacidos, congelados: la comida de la cigüeña. Los niños habían retirado la campana para ahuyentar a los insectos con que Peter los tenía tapados, y ahora esos animalitos muertos han atraído a los gatos además de a los insectos.

—Todos muertos —explica Theo y se encoge de hombros.

Sin inmutarse, luego se quedan mirando cómo la cigüeña se los come; Selma saca unas fotos con el móvil y dice sin rodeo alguno:

—La verdad es que nos podríamos quedar unos días más.

Peter levanta la cabeza lentamente. Luego, con serena determinación, responde:

—No.

Y nada más. Solo ese claro y absoluto «No».

Cuando llega el momento de marcharse, Peter se pone a recorrer el patio, nervioso. Se vuelve todo el rato buscando a Selma, que «solo se iba a acercar al lago una última vez». Los niños ya están sentados en el coche y aprietan sus naricillas contra el cristal de la ventana. No van a aguantar mucho así. Por fin aparece Selma, a paso de tortuga, a propósito, y con cara de sufrimiento y mirada de reproche.

Rahel le acaricia el brazo.

—Vamos, hija. No tiene sentido retrasarlo más. Vincent y tú tenéis que hablar y buscar quién os ayude.

—¡En marcha! —anuncia Peter, abriéndole la puerta del coche. Y ya está el coche saliendo del patio, Rahel va detrás hasta la piedra glaciar, diciendo adiós con la mano todo el tiempo.

Así es como, en tiempos, siempre las despedían Viktor y Ruth a ellas. Viktor solía ir un poco por detrás de Ruth, y cuando esta dejaba de mover la mano y ya había dado media vuelta, él seguía parado en el sitio, con la mirada firme y el brazo levantado. Rahel siempre se asomaba por detrás del respaldo del Trabi, sin parar de gritar «¡Adióooos!» a las dos siluetas cada vez más pequeñas, y también Tamara hacía lo mismo todos los años; sus palabras eran: «No grites tan fuerte. Me pones de los nervios», y luego se hundía en su asiento, mientras que Edith, al volante, se esforzaba por conducir recto a pesar de las lágrimas que le nublaban la vista.

La angustia le hace un nudo en el estómago, y Rahel no sabe bien si lo que le remueve las entrañas así es el recuerdo o el presente.

Pensativa, vuelve a la casa. No lo puede negar: para ella es un alivio que Selma se haya ido. Sin embargo, la mala conciencia se lleva por delante el alivio y lo que le queda al final es el sentimiento de haber fracasado. Despacio, sube las escaleras. Ahora, todo lo que ve en esa casa le parece hecho una pena: las paredes manchadas, los escalones de madera hundidos, la barandilla desgastada. Baldosas sueltas, armarios que ya no cierran, ventanas que no se limpian nunca.

Se fuerza a leer unas páginas de la novela que tanto le ha recomendado su librera de confianza, pero la historia no la engancha.

Deambula por el cuarto, se asoma a la ventana, ve a la cigüeña y al gato al que le falta una oreja y se le mete en la cabeza que esos dos la miran mal.

El rato que pasa hasta que vuelve Peter se prolonga y la sume en una tristeza infinita. En el exterior, hace un sol de justicia. Como a cámara rápida, achicharra todo lo que está verde o en flor. Rahel tendría que haber regado por la mañana.

Se arma de valor y se acerca al buzón del correo, que está fuera de la finca, en un grueso poste de madera. Es lo bastante grande como para que quepan paquetes y la tapa tiene encima un pedazo de polietileno que sobresale del borde para que no entre el agua ni cuando llueva ni cuando nieve. Viktor y Ruth han reducido al mínimo los encuentros no deseados con otras personas, una forma de vida muy acorde, también, con el carácter de Peter. El buzón está vacío. Rahel da una vuelta alrededor de la casa, observa a las gallinas en su jardín vallado, arranca alguna que otra hoja seca de los arriates y arbustos y se imagina cómo sería vivir allí para siempre. Los veranos serían maravillosos, pero de octubre a abril allí no habría más que trabajo sin fin, días de invierno tristísimos,

cuartos en los que se te quedan los pies fríos, animales ma-
lolientes y llevar siempre la misma ropa. De cuanto tiene en
el armario, la mayor parte no le valdría para allí. No se puede
usar para la granja y el jardín. Y es demasiado extravagante
para el pueblo.

Si ella fuera Ruth, no se tomaría ese esfuerzo diario de
arreglarse para salir, con su pintalabios y su rímel bien puestos y sus andares erguidos como los de un soldado. No. Rahel
probablemente se descuidaría.

Elige un banco a la sombra y se sienta. Con los ojos cerrados, hace por dormitar un poco, hasta que se oye el coche, la
puerta que se cierra y Peter que se acerca con paso sigiloso.

—He aprovechado para hacer la compra. Y he traído comida caliente. Asiática. Vietnamita, creo.

Rahel sonríe y, cansada, lo sigue a la cocina, donde pronto
emana un fuerte olor al abrir los recipientes de comida.

—¿Quieres saber qué más me ha contado Selma?

—Casi mejor no —le contesta a Peter.

—Sobre el de las instalaciones electroacústicas —cuenta
Peter haciendo caso omiso de lo que ella le acaba de decir—.
El tipo ya tiene cuatro niños.

—¿De cuántas mujeres?

—Dos.

Rahel aparta la comida.

—Ya me lo podrías haber contado más tarde. Se me han
quitado las ganas de comer.

Peter saca los palillos del plástico y se los coloca entre los
dedos con poca maña.

—Dice que la inspira.

—¿Y tú qué le has dicho?

—Que me parece muy bien que se inspire, pero que eso
no implica destrozar su familia.

Rahel se le queda mirando fijamente.

—¿Le has aconsejado que se líe con él sin decir nada?

—No exactamente. Pero sí, he intentado hacerle entender que estas cosas pueden pasar. Que los sentimientos se inflaman y luego se apagan, y que no debe tomar ninguna decisión precipitada.

Un descorazonado «Ajá» es todo lo que Rahel le responde. ¡Ojalá Peter se hubiera mostrado la mitad de comprensivo con ella en su día!

Rahel le fue infiel, quince años atrás, en una formación sobre terapia sistémica, con Alex, un psicólogo y *coach* y, en tiempos, nadador profesional. Un hombre que, directamente, le preguntó si quería acostarse con él. La había visto y deseado al instante y, si ella también se sentía así, debía enviarle alguna señal. Lo que fuera, un mensaje, una mirada. El hotel donde se celebraban las jornadas estaba en la linde del Taunus, la idea inicial de Rahel había sido aprovechar los ratos libres para dar paseos. Estuvo tres días casi sin dormir mientras Peter se hacía cargo de la casa y de los niños. Le enviaba mensajes que ella respondía de forma escueta y mecánica. «Yo también estoy bien. Me acuerdo de vosotros y os echo de menos. Besos para ti y para los niños». Las palabras le salían de los dedos con facilidad, a la vez que su cuerpo ardía. No se hubiera imaginado nunca lo oscuro que era su deseo.

Y luego, de vuelta en Dresde, la confesión innecesaria de su parte, el estupor de Peter y un tormento de meses sin dirigirle la palabra.

Una y otra vez se le cae la comida de los palillos. Rahel vuelve a poner la tapa de papel aluminio en su recipiente y lo mete en la nevera.

—Ya me lo comeré más tarde —dice y sale de la cocina.

Hasta la noche, evita a Peter. El calor vibrante lo paraliza todo. No canta ni un pájaro, los gatos están todos escondidos, la cigüeña no se mueve de un pedazo de sombra del patio. Peter se ha retirado a su cuarto, al que no le da el sol. La compañía de los escritores le basta y le sobra. El camino más fácil para lograr su atención es a través de los libros que lee. Si Rahel recurre a los temas a los que se dedica en ese momento, no tardan en surgir conversaciones interesantes incluso después de tantos años de casados. Aunque ahora mismo, hasta para eso le faltan las fuerzas e incluso las ganas.

Vagando, llega hasta el jardín de las gallinas y las ve limpiarse las plumas con arena. A la sombra de dos manzanos, se revuelven y cacarean y se esponjan. Un gavilán traza sus círculos por el cielo. Por detrás del jardín de las gallinas empieza el camino que lleva al establo. Lo festonean cerezos y ciruelos centenarios, algunos ya muertos. Entre ellos hay dos prunos cuyos frutos maduros atraen a las ruidosas avispas. Una vez, Ruth le contó que el nombre completo de esos árboles era «*Frühe Mirabelle von Bergthold*», que sonaba como a antigua nobleza prusiana.

Baila está debajo de un árbol, justo al lado de la alberca. Espanta las moscas con el rabo y mueve las orejas. Cada cual hace lo que le corresponde... hasta la última gallina y hasta la yegua y, como no podría ser de otra manera, Peter también. Ella es la única que no sabe qué hacer con su persona. Ese día de verano asfixiante, no se soporta. Se resulta insufrible a sí misma y desearía que alguien, durante unas horas, la liberase de la carga de su propia existencia.

Martes

—Es asombroso —dice Peter a Rahel, cuando entra en la cocina, hacia las ocho de la mañana— lo clarividente que fue Pasolini.

—Buenos días —responde ella, llena el hervidor de agua y pone café molido en la cafetera de émbolo.

—Hace cincuenta y cinco años —prosigue Peter a lo suyo—, ya escribió cómo la sociedad de consumo destruye las culturas.

Durante unos segundos, el gorgoteo del agua hirviendo impide oír el discurso de Peter y este se calla. Cuando Rahel se sienta enfrente de él con una tostada en el plato, lo retoma. Ella ya conoce el tema, han hablado de eso muchas veces. Es una de las opiniones que comparten de manera incondicional: el universalismo y la igualdad a todos los niveles son metas muy nobles con consecuencias fatales. Porque eso nivela cada vez más un mundo plural y culturalmente rico, acaba con las particularidades, destruye lo individual. Lo único que queda es el consumo.

La de veladas que habrán pasado Peter y ella debatiendo sobre ese tema, aunque como sucede con todo lo que Rahel considera perdido, en algún momento ha dejado de interesarle. Ya no lucha contra lo que no se puede cambiar. Ahorra fuerzas para las batallas útiles.

Mientras se toma el café, no obstante, presta oídos a Peter. A él le brillan los ojos. Ha sabido conservar una curiosidad insaciable por muchos campos del saber.

—Pasolini habla del consumo como del nuevo fascismo.

Hojea el delgado libro, detiene el dedo en un pasaje y se lo lee en alto. Derrocha pasión por el pensamiento, y Rahel tiene que reconocer que, en ese sentido, ha aprendido mucho de él. Al principio de su relación, a menudo leían los mismos libros y luego los comentaban. Organizaban veladas temáticas en las que, bien ellos dos solos o bien con amigos, analizaban un tema o un enfoque determinados. Peter siempre le decía que primero hay que ver el problema desde la distancia para, después, abordarlo desde múltiples perspectivas. Era un sistema para entrenar el pensamiento en el que Rahel participaba con gusto y que hasta hoy le sirve mucho.

Peter sigue esforzándose por transmitir a sus discípulos de la universidad esa forma de pensamiento libre y de reflexión sobre los propios juicios de valor... cada vez con menos éxito, para mayor frustración de su parte. El virus y las medidas de confinamiento que trajo consigo hasta le vinieron bien. Durante el semestre de verano, no tuvo que ir a la facultad de manera presencial. Cumplió con lo imprescindible por videoconferencia, el resto ya le daba igual.

—Estarías mejor en la facultad de Filosofía que con los de Teoría de la Literatura —comenta Rahel con una sonrisa—. Creo que les pides demasiado a tus estudiantes todo el rato.

Sorprendido, Peter levanta la vista. Se quita las gafas y frunce el ceño.

—Todo el que emprende una carrera de Humanidades tendría que estar interesado en el pensamiento en sí, ¿no crees?

—Bueno, sí, claro —reconoce ella—, pero tienes una imagen ideal del estudiante con una formación completísima, y eso es de una época más que pasada, en la que ir a la universidad era la excepción y no la regla.

—Tienes razón —dice Peter sonriendo, vuelve a ponerse las gafas y, para asombro de Rahel, le pide—: ¿Me pones un café a mí también?

Rahel se levanta y le saca una taza del armario. En la taza se lee «En fin...». Le sirve el café y se alegra al ver que Peter sonríe.

Siente un soplo de lo que eran sus viejos tiempos, y le viene a la cabeza lo primero que les pregunta a las parejas que acuden a su consulta porque se han distanciado: «Remóntense a la época en que estaban enamorados. ¿Qué es lo que amaba de su marido o su mujer?».

A ella misma no le cuesta nada responder a esa pregunta: la inteligencia de Peter, su atractivo, su rectitud, su sentido del humor.

No ha perdido ninguna de esas cosas, y por eso no quiere perderlo a él.

Sabe lo que está pasando en el mundo exterior. El reñido mercado de la pareja exige mucho a los que buscan. La «mercancía» está usada y dañada. Viene con taras y manías, enfermedades y miedos, y, por regla general, le falta flexibilidad. Quien, con cincuenta años, empieza otra vez desde cero se encuentra con gente que ha crecido con otras personas, que se ha moldeado... o amoldado o enderezado con otras personas y ya no está dispuesta a amoldarse ni a que lo moldeen más. También ella y Peter querrían que los aceptasen tal y como son. Llevan décadas aprendiendo a equilibrarse. Y han llegado muy lejos juntos.

Cuando le preguntan cuántos años llevan casados, dice el número con callado orgullo. Casi ninguna de las parejas que han conocido a lo largo de su matrimonio llegó a las bodas de plata, y hasta Selma y Simon hubieron de reconocer en algún momento el valor de la estabilidad del matrimonio de sus padres. Por desgracia, ese aprecio no es sinónimo de buscar lo mismo, a juzgar por la situación de Selma. Y por lo que respecta a Simon, si la novia de turno no interfiere con su programa de entrenamientos, puede seguir a su lado. Como quiera algo más de él, adiós a la relación.

Peter chasquea los dedos ante la cara de Rahel.

—¿Dónde tienes la cabeza?

—En nuestros hijos —responde Rahel con un profundo suspiro.

—Pues parece que te doliera algo —afirma Peter sonriendo.

—Yo qué sé... Selma con ese carácter histriónico suyo, y Simon, que con tanta ambición y tanta disciplina se olvida de vivir...

Peter pone una cara con la que quiere decirle: exageras.

—¿Y cómo te ha dado por pensar en eso ahora? —pregunta.

Rahel hace un gesto de rechazo con la mano:

—No te lo sabría explicar.

Peter aparta su taza hacia un lado y, por encima de la mesa, le coge la mano.

—No conviertas a nuestros hijos en pacientes de tu consulta. Simon se las arregla estupendamente, y Selma...

—A Selma no tendríamos que habérsela dejado a tu madre —le interrumpe, retirando la mano bruscamente—. Su comportamiento muestra síntomas inequívocos de un trastorno afectivo temprano.

—Pues puede ser. Pero a ver quién no tiene ningún trastorno afectivo. Tú segurísimo y yo... —no puede contener una risa amarga—. El cariño con que trataba mi madre a Selma en su día ya me habría gustado a mí sentirlo alguna vez.

Se inclina un poco por encima de la mesa y busca la mirada de Rahel.

—Selma no necesita que le hagas de terapeuta, Rahel. Te necesita como madre.

Como si eso no lo supiera ella de sobra. Pero entre lo que se sabe y lo que se hace hay como una barrera, y Rahel no siempre tiene fuerzas para salvarla.

* * *

—No somos los únicos que vienen a nadar aquí —dice Peter, señalando con el pie una mascarilla tirada en la arena. Luego, se mete en el agua desnudo. Por primera vez, Rahel se fija en las lorcitas de la parte baja de la espalda. ¿Cuándo hace, en realidad, que no ve desnudo a Peter? Aunque antes de poder contemplarlo con más detenimiento, él se zambulle.

Rahel se sienta encima de su toalla y advierte, a su izquierda, un corazón formado por colillas de cigarrillos clavadas en la arena. En el mejor de todos los mundos —un juego de imaginarse cosas al que solía jugar con Peter— nadie dejaría su basura por ahí tirada. Recoge las colillas en un pañuelo y se acuerda del cigarrillo del taller. Esta noche, con una copa de vino, se lo fumará, sin esconderse ni nada. Que Peter piense lo que le venga en gana.

Lo ve asomar y volver a sumergirse rítmicamente muy dentro del lago. El domingo cumplirá cincuenta y cinco años. Sigue sin tener ningún regalo para él.

Se quita el vestido y también la ropa interior y mira a su alrededor. No se ve a nadie. Despacio, se mete en el lago. El agua está tan clara que se ve hasta el fondo. Bandadas de pececillos pasan junto a ella. Quiere ir nadando al encuentro de Peter, al menos un pequeño trecho. En el mejor de todos los mundos, luego él posaría las manos sobre su cuerpo y la besaría hasta hundirse juntos.

Peter parece no haberla visto; nada a espalda y sus brazadas revuelven el agua. Ella lo llama, pero él no la oye. Hasta que no se encuentran a una misma altura, Rahel no capta su mirada.

—Sí que te has atrevido a meterte dentro hoy —le dice levantando la voz.

Durante unos segundos, Peter se queda nadando en el mismo lugar, disfrutando del agua limpia y la magnífica perspectiva circular del bosque que enmarca el lago, y luego recorre lo que le queda hasta la orilla a braza. Rahel lo ve salir del agua y secarse. Peter estira los músculos para recuperarse del ejercicio y pone la cara al sol un momento.

El mejor de todos los mundos es un juego para quienes gustan de fantasear.

Para comer, Peter le sirve a Rahel una ensalada variada con trocitos de queso feta. La ensaladera ofrece una imagen de anarquía total: coexisten cuadraditos de pimiento diminutos con rodajas de pepino de un dedo de grosor.

—¿Te ha dado por hacer locuras hoy? —pregunta ella con un punto de ironía de más.

Peter reacciona con una sonrisa tonta y le llena el plato.

—Y dime, ¿pretendes pasar las tres semanas de vacaciones aquí, en la granja?

Él se encoge de hombros.

—No veo motivos para moverme de aquí.

—Podríamos hacer alguna excursión.

—¿Adónde? —mastica y menea la cabeza—. Aquí se está la mar de bien.

Aún tienen doce días por delante. Por darle algo de forma a la tarde, Rahel planea llamar a Ruth lo primero, luego dar un paseo y luego averiguar cómo ha evolucionado la situación de Selma para, finalmente, comentarla con Peter.

—Rahel... —responde Ruth con voz cansada.

—Sí, soy yo —explica Rahel sin necesidad, y luego pregunta por Viktor y escucha la descripción del drama que se está desarrollando en la clínica de Ahrenshoop a pesar del buen tiempo que hace.

A Viktor le cuesta mucho soportar la perspectiva de lo que le espera. Siempre ha dicho que una vida así para él no es vida que merezca la pena, y quiere que Ruth le ayude a ponerle fin. Sí, Rahel ha oído bien. Ponerle fin. Pero, claro, a Ruth le es imposible hacer eso. Y además no quiere. Por otra parte, también es cierto que hace muchos años, en un momento de debilidad, se lo prometió, y ahora Viktor no para de recordarle aquella promesa.

A Ruth le tiembla la voz, y Rahel comprende que las preguntas sobre Viktor que desea hacerle tienen que esperar. Una vez más, se ve obligada a tener paciencia.

Frente a Ruth sigue comportándose como una niña. A la autoridad de esa mujer no hay modo de oponerse. Teniendo en cuenta que es psicóloga, no le faltarían recursos para reaccionar ante el problema de Viktor de una manera adecuada, pero más allá de unos cuantos «vaya» y «ayayay» y «claro», Rahel es incapaz de decir nada más.

A pesar de todo, consigue que Ruth le prometa mantenerla al corriente.

—Ya nos las arreglaremos —dice Ruth para concluir, y su «adiós, querida» suena igual que siempre.

Rahel se queda un rato de pie junto al teléfono.

El siguiente punto del plan de la tarde es dar un paseo.

—En marcha, pues —dice en voz alta para sí misma—. Haz un esfuerzo.

De pronto, se siente como si la férrea mirada de Ruth la alcanzase hasta allí. Sin más demora, sale de la casa y echa a andar.

A la altura de donde está atada la yegua, se detiene. Baila parece saber que de ella no puede esperar nada. No se digna ni a mirarla.

—Dile a Peter que se deje de tanta sensiblería —le suelta Rahel al animal, que sigue pastando y pateando el suelo a lo suyo. Luego, aún se vuelve otra vez—: Y que no se crea que lo voy a esperar toda la vida, ahí lo lleva claro.

Baila levanta la cabeza ligeramente, pero se queda inmóvil en esa nueva posición, dormitando.

A grandes zancadas, Rahel se apresura por llegar al bosque y avanzar por él; la impulsa una rabia desesperada. Gritar, eso es lo que querría, y antes de darse cuenta, está gritando. Varias veces seguidas, toma aire y grita todo lo fuerte que se lo permite su voz.

* * *

—¡Has vuelto! —exclama Peter aliviado.

Está de pie frente a la puerta del establo, lleva al hombro las cinchas de Baila y una cuerda.

—Estaba preocupado. Han sonado unos gritos en el bosque.

—Había gente peleándose —murmura Rahel.

—Pues sonaba tremendo.

—Ya ves... —dice ella, encogiéndose de hombros, y mientras se aleja caminando le dice—: Voy a llamar a Selma.

—Buena idea —responde él, desde la distancia—. Yo me voy a dar la vuelta de rigor con la yegua.

En la cocina, Rahel abre la puerta de la despensa. Sus ojos van a posarse en las mermeladas caseras. Coge un tarrito de dulce de membrillo y lo huele. Luego unta una rebanada de pan con mantequilla y se sirve membrillo a cucharadas. Se zampa el tarro entero; le acaban doliendo los dientes del dulzor intenso. No le queda ni un diente en la boca que no tenga algún problema, ya tuvieron que sacarle tres. Se lo debe a Edith. Siempre le daba té de menta con azúcar y limón, todo el pan dulce que quería y, a veces, pomelo cortado en dos y cubierto de azúcar. El ácido le atacó el esmalte y el azúcar le fue comiendo los bonitos dientes que tenía, todavía tiernos, uno detrás de otro.

Selma no coge el teléfono. Tres veces lo ha intentado ya. Rahel le manda un mensaje de texto pidiendo que le devuelva la llamada. Cuanto más rato pasa el teléfono en silencio, más furiosa se pone.

A diferencia de Edith, Rahel se ha ocupado siempre de que su hija fuera al dentista, de que se pusiera Elmex para reforzar el esmalte y de que le empastaran bien cualquier fisura de las muelas. Lo menos que se puede esperar como compensación por tantos cuidados es que le devuelvan a una la llamada.

Se tumba en la cama, cierra los ojos, trata de controlar la rabia controlando la respiración.

Cuando espera alguna llamada de Simon, el ingrediente de la rabia no se añade a la preocupación. Sus sentimientos hacia él son distintos. Peter lo sabe, Selma lo nota, el único que no se entera es Simon.

¿Lo quiere más a él? Rahel se hace esa pregunta en voz alta, con sinceridad, como si su voz fuese una segunda persona en la habitación. La verdad es: lo quiere de una manera distinta. Simon no desencadena en su interior cosas de las que debería avergonzarse. El amor hacia ese hijo brota puro y sin quiebros.

Por fin suena el teléfono.

—Hola —es Vincent—. Selma me ha pedido que te llame. Se ha echado un rato.

—¿Va todo bien?

—Según se mire.

De fondo, Rahel oye el chirrido de un tranvía. Vincent se adelanta a sus preguntas.

—Es que estoy por la calle con los niños, de camino al parque.

—¿Habéis... hablado? —pregunta Rahel con cautela.

—Toda la mañana —Vincent baja la voz—. Los niños me están oyendo, y no quiero que...

—Claro, claro. Te puedo llamar yo más tarde.

—No, espera. Yo le he dicho que igual esos sentimientos que tiene ahora no son algo duradero, y que no se puede llevar a los niños a Leipzig así, sin más. También son mis hijos, Rahel.

—Eso por supuesto —le refuerza Rahel.

—Creo que lo arreglaremos. Yo...

Y luego le cuenta cómo piensa convencer a Selma, y Rahel piensa que su madurez emocional es digna de consideración.

La vida con su hija es como un eterno nadar contra corriente. En algún momento, Rahel dejó de bracear. Pero Vincent es joven y fuerte; quizás él no se hunda en esas aguas revueltas.

En vano intenta, después, concentrarse en el librito del peregrino de Viktor, sentada en un banco del jardín. La aburre. Solo lo lee porque cree que así descubrirá algo de él.

Uno de los muchos gatos del lugar se ha tumbado junto a ella en el banco. Su ronroneo grave refuerza el deseo de cerrar los ojos y no pensar en nada más.

Lo siguiente que ve es a Peter, con el rostro iluminado por una gran sonrisa.

—Baila ya viene a mí trotando cuando la llamo desde lejos —le cuenta, entusiasmado—. Y ya camina a mi lado sin tener que llevarla sujeta.

—Ah... pues qué bien —dice Rahel, disimulando un bostezo.

Con paso rápido, Peter vuelve a alejarse, dejándola con el sentimiento de ser absolutamente prescindible. Vuelve a abrir el libro.

En su día, cuando leía la Biblia, pues incluso en casa de Edith había una, lo hacía como quien lee un cuento, con interés pero sabiendo con toda seguridad que todo aquello era inventado. La única experiencia religiosa que ha tenido en su vida fue unos años atrás, durante un viaje a Estados Unidos, en la misa de una Iglesia Libre. Ya en los pasillos del templo oía pronunciar a los fieles que entraban en tropel y que eran casi todos afroamericanos: «God is Good!», a lo que una y otra vez les respondían otros «All the time!». Durante el sermón, después de cada frase que les gustara, la gente se levantaba exclamando «¡Amén!» y «¡Aleluya!», y levantando los brazos y bailando. Y luego esos cánticos... A Rahel le corrían las lágrimas por las mejillas. A Peter le pareció ridículo y definió todo aquello como un espectáculo perfecto, un bello sortilegio dominguero. Con todo, tenía algo de auténtico, y para Rahel puso de manifiesto una carencia que latía en su propio interior y que llevaba persiguiéndola todo aquel viaje de invierno.

Deja a un lado el relato del peregrino, por fin, y se toca con el dedo las ampollas que le han salido en las manos. Las faenas del jardín dejan huella. Un poco de crema le haría bien. También va teniendo manchas de edad. En la última revisión, el dermatólogo le preguntó si había sido adoradora del sol en sus años jóvenes. Su piel mostraba las típicas muestras de daño solar por exposición excesiva. Ella se había encogido de hombros con la esperanza de que el médico guardara de una vez la lupa y la dejase marchar. Le resultaba desagradable que inspeccionasen sus defectos, y aquel médico le dio lástima. Pasarse los días examinando la piel de la gente en busca de alteraciones patológicas se le antojaba un horror.

Hasta la hora de cenar, evita cruzarse con Peter.

—¿Al final has hablado con Selma? —le pregunta cuando ella se sienta a su lado a la mesa de la cocina.

Rahel niega con la cabeza.

—Con ella no, pero con Vincent sí. Es optimista, como siempre.

Peter sonríe.

—Qué buen tipo.

—A lo mejor... —musita Rahel, aunque da a entender que Selma tampoco estará actuando sin ningún motivo.

—La pregunta es cuánto peso pueden tener los motivos de Selma —replica Peter.

A eso, Rahel no responde. Comparte el punto de vista de que los motivos de Selma no son ni urgentes ni importantes, pero al fin y al cabo eso también da igual. Desde hace unos años, cada vez acude a su consulta más gente joven con formación y dinero y padres cariñosos que, de todas las maneras, no puede con la vida. Jóvenes que, por motivos difícilmente explicables, rompen relaciones, abandonan trabajos, dejan los estudios poco antes de conseguir el título y se sienten muy desgraciados. Como si la buena vida fuese una carga muy pesada.

Pues alguien al que le dan todo y no sabe hacer nada de ello tampoco cuenta con que le comprendan.

—La losa de la buena vida —dice Rahel con la esperanza de que Peter la entienda sin tener que explicarle más.

Y la entiende.

—Hoy en día, la gente joven lo tiene difícil de una manera distinta —dice.

Luego, sus miradas se encuentran y se mantienen, y Rahel, por un instante, cree que todo va a cambiar para bien.

Miércoles

Casi.

Casi se quedó con ella. Ayer por la noche, en su cuarto, en su cama.

Como en tiempos, cuando eran jóvenes, acabaron sentados en el suelo, Peter con una pierna doblada y otra estirada, Rahel con las piernas cruzadas. Hablando de las siete virtudes humanas —sabiduría, justicia, coraje, templanza, fe, esperanza y caridad—, se pusieron a analizar si la templanza también se podía aplicar al conocimiento. Tras la segunda copa de vino llegaron a la conclusión de que la formación era, en efecto, condición indispensable para comprender el mundo, pero también había un punto en el que la sabiduría se tornaba estupidez. Y ese punto de inflexión lo alcanzaría quien ya no fuera capaz de reaccionar de manera espontánea, quien primero necesitara ubicar cualquier cosa que viviera dentro de un contexto teórico construido con harto esfuerzo.

—Ignoraría instintos y miedos que sirven de mucho. En tal caso, el conocimiento sería una condena y al final sucumbiría —constató Rahel, y Peter añadió para rematar que todo, en realidad, todo puede volverse destructivo. Luego ella le quitó la copa de la mano y tiró de él para subirlo a la cama.

Él se quedó un rato acostado boca arriba, rodeándola con el brazo, con los ojos abiertos y la mirada clavada en el techo, en tanto que ella esperaba alguna palabra tierna de su parte. Casi creyó sentir esa palabra, verla cobrar forma y ponerse en camino para, finalmente, llegar hasta ella. Y acompasó el ritmo de su respiración a la de él con el fin de eliminar el último ápice de resistencia que pudiera interponerse en el camino de esa palabra. Y él, con la máxima suavidad, sacó el brazo de debajo de su cuerpo, le dio un beso en la frente y salió de la habitación.

Hacia las dos de la madrugada, Rahel se despertó, con el corazón desbocado y tan bañada en sudor que tuvo que cambiarse de ropa. Había soñado con Simon muerto en medio de una pradera, aunque no era aquel sueño la causa de su estado. Esos terrores nocturnos, no pocas veces unidos también al terror a morir, llevaban atormentándola al menos un año entero, siempre a la misma hora, entre las dos y las tres de la madrugada, a veces acompañados de náuseas, otras, de un picor inexplicable por todo el cuerpo, siempre con taquicardia y fuerte sudoración. También el olor que desprendía era terrible, a sudor acre y penetrante. Ella, antes, no había olido así jamás. En fin, ese tipo de efectos secundarios de la edad le harían más llevadero despedirse de este mundo, llegado el momento.

Y, pensando en eso, volvió a quedarse dormida.

Sabiduría, justicia, coraje, templanza, fe, esperanza, caridad. Rahel ha apuntado las siete virtudes en un papel, una debajo de otra, y ha rodeado con un círculo el coraje.

Hoy va a dar muestra de coraje. Coraje frente a la frialdad de Peter, que en el fondo no es frialdad, sino una mezcla de distanciamiento, falta de confianza y pérdida de las cosas en común que los unían. Ella no lo siguió, cuando empezó a apartarse de la sociedad. No hizo nada para retenerlo. Y cuando también de su interior brotó la extrañeza, Peter ya hacía tiempo que estaba lejos... refugiado en un espacio de seguridad muy suyo y cuya puerta no era nada fácil de abrir. Un hombre menos complicado no tendría la sensibilidad de Peter, pero a un hombre menos complicado tampoco lo amaría de esa forma.

Oye unos bufidos salvajes al pie de la ventana. Se asoma y ve pasar corriendo a un gatazo atigrado con un pájaro en la boca. Le da rabia que cacen. Cada mañana y cada noche, Peter rellena todos los comederos de la mejor comida y, a pesar de eso, cada par de días algún gato liquida a un pájaro. Rahel cierra la ventana, coge una toalla al azar, se calza las bailarinas y se pone en camino hacia el lago.

La toalla de Peter, junto con su camisa y su pantalón, están colgados de una rama que sobresale en paralelo al agua; sus zapatos, bien colocaditos debajo. Rahel recorre el lago con la mirada; todo está en silencio y no hay movimiento en el agua. Peter debe de estar dando la vuelta por la parte más larga, la izquierda.

La mitad de sus vacaciones se ha pasado ya.

Rahel hunde los dedos de los pies en la arena. De repente, todos sus temores le parecen ridículos. Cómo no van a reencontrarse Peter y ella. Cómo no va a hacer Selma lo correcto y cómo va a pasarle algo malo a Simon. «Confía, Rahel», se dice a sí misma, «tienes que tener confianza». Luego, sus ojos vuelven a recorrer toda la superficie inmóvil del agua.

Peter es buen nadador. Claro que también los nadadores con buena resistencia tienen calambres o infartos. Cuelga su vestido en la rama, encima de la ropa de Peter, coloca sus zapatos al lado de los de él, se mete en el agua y se echa a nadar.

Detrás de un oasis de nenúfares hasta el que no se había aventurado nunca, se abre como una pequeña calita. En la orilla, en el agua que no cubre, está Peter sentado. Con la cabeza hacia atrás y los ojos cerrados. Rahel detiene sus movimientos. Parece que no la ha oído. A su espalda, todo son cañas tupidas. Con cuidado de no hacer ruido, Rahel da media vuelta. Cada vez que mueve una mano o un pie, intenta no sacarlo del agua para no chapotear.

Ese momento pertenece a Peter y a nadie más.

* * *

De camino hacia el vivero, oye el sonido de mensajes entrantes en el teléfono. Espera a llegar al aparcamiento.

Simon le ha enviado fotos. Su hijo, con todo el equipamiento de escalada puesto, colgado de una pared de roca sobre un dramático fondo de nubes. Simon agarrado al saliente de la roca con una sola mano, el resto del cuerpo suspendido sobre el abismo. En la siguiente foto, se agarra con las dos manos y tiene un pie apoyado en un saliente mínimo. La última muestra el panorama del valle desde lo alto del todo. La roca da la sensación de ser completamente lisa y vertical. Rahel se maravilla de que haya sido capaz de subir por ella.

Simon también es incapaz de conformarse con ser normal. Él mismo se pone metas más y más altas. No lo hace solo por la sensación resultante de las endorfinas que se liberan en esos momentos de libertad infinita de la escalada; igual que a Selma, le espanta la mediocridad.

Rahel está en el *parking* con la mirada fija en el vacío. ¿Pero qué les pasa a sus hijos? ¿O es cosa de ella, porque su profesión le impide ver las cosas sin analizarlas y sin emitir un diagnóstico? Se pone una mascarilla, coge un carrito y recorre los pasillos del centro de jardinería. Uno de los dependientes le aconseja que compre plantas resistentes a la sequía, así que se decide por una *coreopsis grandiflora*, o eldorado, y por una siempreviva rosa.

Le viene a la mente el vergel de terraza que tiene en su casa de Dresde y espera que la vecina, la señora Knopp, no se esté olvidando de ir a regar. La señora Knopp no se va de vacaciones nunca. No falla a la hora de recogerles los paquetes, con frecuencia le pregunta por sus hijos y siempre está enterada de las últimas noticias de la política municipal de Dresde. En invierno, a veces se la encuentra uno envuelta en una parka vieja y con un gorro de punto con borla, hecho por ella, fumando en la parte de atrás del edificio, donde se dejan las bicicletas. En verano, prácticamente vive en la terraza de su piso, en el ático. Seguro que tiene más de ochenta años, aunque viste con colores fuertes y estampados llamativos.

Cuando era muy pequeña, Selma le dijo una vez: «No quiero ser una vieja como tú», y a la pregunta de la señora Knopp de qué pensaba hacer para evitarlo, le respondió: «Morirme». La señora Knopp se había echado a reír y Selma la secundó sin más.

Como compensación por cuidarle las plantas, la señora Knopp le ha pedido a Rahel sin falsas modestias: «Una o dos botellas de tinto, pero que no sea Dornfelder ni de menos de cinco euros, faltaría más».

La palabra clave «vino» lleva a Rahel a acordarse de la comida. En la caja, le pregunta a la empleada por la carnicería más próxima y añade rápidamente a la cinta un pulverizador que ha descubierto en un cajón de ofertas. Una vez fuera, coloca las plantas en el suelo, delante del asiento del copiloto, y se pone en camino hacia la granja Thiel.

Se decide por un solomillo de cordero, sigue hasta el supermercado, donde compra ajo, romero, manteca para cocinar y canónigos, pasa también por la panadería a por una *baguette* y emprende la vuelta, contenta y relajada. Con una buena comida es fácil alegrarle el día a Peter. En primavera, como la pandemia obligó a que todas las clases de la universidad fueran no presenciales, pero ella no se pudo librar del trabajo en la consulta, Peter empezó a cocinar. Desde entonces, aprecia aún más que antes el esfuerzo. Él sigue las recetas de los libros al pie de la letra y, entretanto, prepara unos platos impresionantes, pero estaría perdido sin unas instrucciones detalladas.

Rahel jamás mira un libro de cocina. Abre la nevera, saca todo lo que está para consumir de inmediato e improvisa.

De vuelta en Dorotheenfelde, descarga las compras y busca a Peter en vano. Rahel le había dejado una nota antes de salir con el coche; él no ha dejado nada para ella.

Entra en el cuarto de Peter, se sienta en su escritorio y hojea su cuaderno sin reprimirse. De toda la vida le ha gustado apuntar frases sacadas de los libros. Por lo general son afirmaciones que le gustan, pero también anota opiniones que no comparte en absoluto para añadir sus propias ideas. En su caligrafía apretada, bien legible e inclinada hacia la derecha, lee: «Un emboscado es, pues, quien posee una relación originaria con la libertad»[7].

---

[7] Es una frase de *La emboscadura* de Ernst Jünger. Citado según la traducción de A. Sánchez Pascual, Barcelona: Tusquets, 1988, p. 60. El pasaje continúa: «vista en el plano temporal, esa relación se exterioriza en el hecho

De la gente que Rahel conoce, nadie más se relaciona con la literatura como Peter. No solo lee los libros, los trabaja, busca las conexiones entre lo que lee y su propia persona, sus posturas, sus formas de actuar, y, dado el caso, incluso las modifica. Para él, la literatura es como un interlocutor vivo. A veces, aun se le antoja más vivo que aquello que se desarrolla delante de sus ojos. Y, al contrario de lo que le pasa con las personas, no puede vivir sin ella.

Rahel cierra el cuaderno con un suspiro, sale de la habitación, baja las escaleras y sale al patio.

Peter está doblando la esquina.

—Anda, ya has vuelto —exclama desde lejos—. Me he quedado atrapado en este libro tan raro —le dice una vez ha llegado delante de ella.

—¿El del peregrino?

Él asiente con la cabeza.

—Estaba en el banco de ahí atrás, en el jardín. Siempre he querido leerlo. Salinger lo menciona en *Franny y Zooey*... Qué pena que no podamos preguntarle a Viktor lo que significa para él.

—Sí, es una pena —responde Rahel en voz baja—. Hay unas cuantas cosas que me gustaría preguntarle.

Como Peter no capta ninguna intención especial en sus palabras, Rahel echa a andar hacia el taller con paso marcial, pasando por delante de él, y dice:

—Ven. Tengo que enseñarte una cosa.

—No saques conclusiones precipitadas —le advierte Peter, después de haberle mostrado los numerosos dibujos de Edith y de ella misma.

---

de que el emboscado piensa oponerse al automatismo y piensa no sacar la consecuencia ética de éste, a saber, el fatalismo.» *(N. de la T.)*

—Os dibujó, bueno, después de todo, estuvisteis aquí muchas veces.

—Pero también es cierto que casi siempre me hacía caso a mí sola. A Tamara, casi nada.

Peter ladea la cabeza.

—A ver, yo no conocí a Tamara de niña, pero tu hermana no tiene un carácter fácil, que se diga. Y tú misma lo sabes... a la gente atractiva se la suele querer más, y tú eras una niña especialmente linda.

Contempla un dibujo de Edith.

—¿Tú crees a tu madre capaz de algo así? ¿De llevarse a la tumba un secreto semejante? ¿De engañar a su mejor amiga con su marido y privar al padre de estar con su hija durante toda una vida?

Sin dudarlo un instante, Rahel suelta:

—Sí.

El gatazo atigrado atraviesa el patio con un ratón que aún se agita en la boca.

El sol arde sin piedad en su punto más alto. El saúco grande que casi tapa la ventana entera del cuarto de Peter tiene todas las hojas lánguidas, y hasta el sinnúmero de gorriones que mora entre sus ramas parece presa de un estado letárgico por el calor. Rahel lanza una mirada a las plantas que ha comprado por la mañana y dejado en la sombra una vez regadas.

—Entiendo que necesites saber algo así —dice Peter rodeándola con los brazos desde atrás. La aprieta contra él y la retiene mucho rato, y cuanto más rato la tiene así, apretada, más pierde su urgencia esa necesidad de saber.

Más tarde, cuando cada cual se ha retirado a su cuarto para descansar de la comida, la comezón vuelve y le martillea la tapa del cráneo desde dentro. Rahel se acerca a la ventana y se queda un rato contemplando el bosque, como una imagen congelada, pero por el calor.

¿Qué pasará si no vuelve a llover nunca —se le ocurre de pronto—, si se seca el lago que se atisba entre los claros del bosque? Cuando ella era pequeña, el agua aún llegaba mucho más dentro de lo que ahora es tierra. ¿Qué pasará si ese lago, en breve, deja de existir?

Ojalá pudiera no pensar en cosas así. Librarse de ese miedo a que todo vaya irremediablemente a peor. Está claro que ya no se puede negar que los bosques se mueren, el hielo se derrite, los seres humanos no aprenden. Y como los seres humanos son tantos, más de los que han sido nunca, y siguen multiplicándose más y más, el daño que causan también aumenta hasta lo inconmensurable.

La idea de que la pandemia no sea otra cosa que un correctivo de la naturaleza que les hacía buena falta ya se les ocurrió en primavera a ella y a Peter.

—Imagínate —había dicho Peter— que el aumento excesivo de la población del planeta da lugar a que la propia naturaleza se ocupe de reducirla. Pongamos, por ejemplo, a la mitad. Por ejemplo, mediante un virus.

Sonaba plausible. Ahora bien, que no le tocase a su familia, claro... y luego resultó que el virus no produjo ni por asomo el efecto que Peter se había imaginado; con todo, la idea del correctivo seguía pareciéndoles tentadora. De ser cierta, su existencia entera, su actividad entera sería todavía más irrelevante y superflua de lo que ya daban por hecho de todas formas. Peter acostumbra a elevarse hasta esas álgidas cumbres del pensamiento, lo contempla todo desde lo alto y luego vuelve a las tierras bajas de la vida cotidiana con esa sonrisa indulgente tan suya.

Rahel se atusa un par de veces el vestido de lino negro que ya lleva diez días sin quitarse. Palpa la tela resistente y la invade una inquietante sensación de placer por haber dejado de conceder valor a las apariencias externas.

Más tarde, va un rato a bañarse. En la pequeña cala donde vio sentado a Peter ahora da el sol. Rahel nada hasta tocar el fondo arenoso con las manos. Se vuelve boca arriba, se sienta en el agua tibia y sedosa de la orilla, apoyándose en los brazos, y pone la cara al sol. Incontables libélulas brillantes revolotean a su alrededor. Ese momento le pertenece en exclusiva. Y a pesar de sus muchos pensamientos oscuros, es un momento intacto y perfecto.

* * *

Esa noche, después de ocuparse Peter de los animales y ella de plantar el eldorado y la siempreviva y de regar también las otras plantas, fríe los filetes de cordero en abundante manteca con ajo y romero. Peter hace la ensalada, corta el pan y abre una botella de vino. A pesar de las avispas, cenan en el patio. El truco del pulverizador funciona. En cuanto se acerca una avispa, Rahel la fumiga con agua. Peter sonríe. Luego agarra él el pulverizador. Dándoselas de amo del lugar, se pone a echar agua en todas direcciones. También a la cigüeña le cae un chorro, así como a los gatos, que les piden comida.

—¡Vosotros ya habéis cenado! —les dice Peter como un padre estricto y los espanta.

Dan cuenta de la botella de tinto y de una frasca grande de agua, y cuando Peter pregunta a Rahel si abre otra más, ella asiente con la cabeza.

Hacia la medianoche, hay tres botellas vacías sobre la mesa. Rahel sube las escaleras haciendo eses, mientras Peter se queda recogiendo. Sin lavarse los dientes ni ponerse la férula de descarga, se mete en la cama y se duerme al instante.

Jueves

Lo que más rabia le da es que su lamentable estado era de esperar. El dolor de cabeza como un martilleo constante, la sed desmesurada, el asqueroso sabor y la sequedad de boca, la tripa suelta... Está a punto de cumplir los cincuenta y todavía es incapaz de evitar todo eso.

Naturalmente, a las dos horas de sueño comatoso se despertó del todo, sudando, con una taquicardia tremenda. Todo lo que tuvo de maravillosa la velada lo tuvo la noche de horrible. Por suerte, dispone de un baño para ella sola donde pasar tranquila lo que le depare su condición.

En la cocina, prepara café bien cargado y se lo sube a la habitación junto con una botella grande de agua mineral. Si una cosa tiene clara es que alcohólica no llegará a ser. Una sola resaca le basta para mantenerse lejos de las grandes cantidades de alcohol durante mucho tiempo. Ya ni se acuerda de qué acabaron hablando, lo único que tiene registrado es que se rieron mucho y que había estrellas fugaces surcando el cielo nocturno a toda velocidad.

Tocan a la puerta y Peter asoma la cabeza.

—¿Cómo estás? —pregunta.

La mala cara que tiene revela que ha pasado una noche tan espantosa como la de Rahel. Ella menea la cabeza y hace una mueca de asco.

—Ya veo —farfulla él sonriendo y concede—, yo estoy igual.

Cierra la puerta, pero al instante la vuelve a abrir y añade:

—Estuvo muy bien en cualquier caso.

Cuando se ha marchado, a Rahel le viene a la memoria una parte de la conversación de la víspera. Ella le preguntó a qué época le gustaría ir si se pudiera viajar en el tiempo.

—¡A la Antigüedad! —le había respondido él de inmediato—. Pero antes de que apareciera el predicador itinerante haciendo de las suyas...

Cuando Rahel entendió a qué se refería, los dos se echaron a reír a la vez, y ella, saltándosele las lágrimas de la risa, profetizó que, a continuación, seguro que los fulminaba un rayo, o les caía una tormenta desde una nube o les cagaba un pájaro en la cabeza.

Mientras Peter da la vuelta al lago para despejarse nadando, Rahel trata de evitar cualquier movimiento innecesario. Permanece con los ojos cerrados en una postura medio sentada, medio tumbada, y para colmo de males le duelen las muelas.

Hacia el mediodía se siente lo bastante bien como para salir de la habitación. Cubierto y bochornoso, el día parece adaptarse a su estado de ánimo. No hay luces brillantes ni sombras duras, solo un calor suave que no amenaza con quemar la piel.

Se queda un rato sentada en el banco que hay justo a la entrada de la casa, tomando sorbitos de la bebida veraniega favorita de Peter: té verde en infusión fría y reposado en la nevera durante una hora cumplida, sano y rico en minerales.

La jarra especial para prepararlo, de cristal con filtro, se la han traído de casa *ex profeso*.

Rahel piensa con cierto temor en la vuelta a Dresde, en el otoño que se avecina y en el invierno, en que es muy probable que el virus vuelva a marcar la pauta de todo, y que se vuelvan a dictar medidas que limiten las ventajas de vivir en la ciudad, y que su agenda vuelva a estar a rebosar de pacientes.

Ya en primavera observó el aumento de los casos de depresión. A algunos de esos pacientes les recomendó la lectura de ciertos libros, empezando por *A pesar de todo, decir SÍ a la vida* de Viktor Frankl y acabando por *Arbeit und Struktur* de Wolfgang Herrndorf[8]. Aunque esa lectura era solo para los que no necesitaban más que un empujoncito para reubicarse en la buena dirección.

Recuerda la noche que vieron *Melancolía*.

«Conozco ese sentimiento», había dicho Peter.

Los pacientes como él son casos perdidos. Conocen el motivo de su problema, su inteligencia les ha llevado a autoanalizarse hace tiempo y han descartado la curación. Pues las condiciones que les harían falta para curarse no son viables. En los tiempos en que les ha tocado nacer, no pueden encontrar lo que buscan: vivir en función de lo que realmente importa, dignidad en lugar de autorrealización y una sociedad que no tenga como objetivo cumplir el mayor número de años posible, sino llevar una vida con el máximo sentido posible.

[8] Herrndorf (1965-2013) fue uno de los jóvenes autores estrella de la «Generación Pop» en la primera década de este siglo, y también afamado ilustrador y pintor. La obra *Trabajo y estructura* es la elaboración publicada póstumamente del diario en formato de blog en que el autor documentó sus últimos tres años de vida, con un tumor cerebral maligno, hasta su suicidio. *(N. de la T.)*

Cuando se extendió el miedo al virus, era frecuente que Peter y ella hablasen de este tema. Ambos lo tienen muy claro: una vida dominada por el miedo constante no merece la pena. A pesar de todo, Rahel no tenía tan claro cómo actuar durante la pandemia. Durante semanas, se alternaron en su interior el pánico y la calma, según la cantidad de veces que oyera las noticias. Las cifras de infectados y muertos tuvieron el efecto esperado, y no se sintió mejor hasta que hizo caso a Peter cuando, ya harto, la exhortó a ahorrarse la dosis diaria de morbo y hacer uso del sentido común.

Hace unos años, Peter y ella hicieron su testamento vital. Ninguno de los dos desea medidas de reanimación ni de alimentación artificial ni soporte vital de ningún tipo. Lo único para lo que dan su consentimiento son los cuidados paliativos y el alivio del dolor. Dijeron a sus hijos dónde guardan los documentos correspondientes, y Peter afirmó que dormía mejor después de haber dejado arreglado el tema.

Rahel envidia su manera de encarar la muerte. Aunque Peter no cree en nada que pudiera brindar consuelo —ni en un más allá, ni en la resurrección o la reencarnación—, parece no tener miedo. La desesperación que se adueña de ella cuando piensa en el final a Peter le es ajena. Como también el horror ante la idea de que esta vida breve e insignificante sea todo lo que hay. De que después no exista forma alguna de retornar ni de sentir, sino solo la inmensa nada.

Solo de pensar mínimamente en ello ya se le acelera el pulso. Aunque no es el hecho en sí de morir lo que la horroriza, sino todo lo que se deja sin hacer, sin sentir, sin intentar.

De forma inconsciente, menea la cabeza y, de golpe, se queda quieta. Le sigue martilleando el dolor como desde dentro de los ojos, y cuando, poco después, ve doblar la esquina para entrar al patio a Peter con Baila, camina a su encuentro con mucho cuidado, evitando cualquier movimiento un poco brusco.

Peter desaparece en el interior del establo y vuelve a salir enseguida con un cubo en la mano. La yegua se pone a comer con ansia lo que contiene: avena, trozos de zanahoria, dos manzanas pequeñas y un puñado de *pellets* de cereal machacados. Mientras come, Peter le regala piropos y palmaditas.

—Los animales son maravillosos.

—Ni se te ocurra hacerte con uno —le replica Rahel.

Peter pone un pie en el borde del cubo para evitar que la yegua lo vuelque con sus enérgicos bocados.

—En la ciudad no... Pero quién sabe qué puede depararnos el futuro. Una casa así en el campo, con su propio pozo y su chimenea... —dice con mirada pensativa. Al cabo de unos segundos, añade—: Imagínate que falla por completo el suministro eléctrico de la ciudad. Aquí saldríamos adelante a pesar del apagón.

—Y cuando se nos acabase la comida —sigue ella con sarcasmo—, sacrificábamos al animal.

En ese preciso momento, Baila levanta el cubo vacío con la boca y lo lanza lejos. Peter se ríe con tantas ganas como hacía mucho tiempo que no reía. Echa la cabeza hacia atrás, pone los brazos en jarras y parece haber rejuvenecido años.

Más tarde, mientras comen en el patio y espantan las avispas con el pulverizador, Rahel vuelve a pensar en cómo le brillaron los ojos a Peter cuando dijo lo de la casa en el campo y, al instante, también ve con total claridad que esos sueños a ella no le dicen nada.

Le encanta ir a pasar unas semanas en el campo en verano, pero también le gusta la ciudad. No está harta de Dresde, ni mucho menos, le gusta el camino que recorre a pie para ir a la consulta cada día, las tiendecitas, los restaurantes y teatros, las excursiones a los alrededores y las veladas con cata de vinos en las terrazas que ponen en verano. Peter, por el contrario, cada vez va más lejos cuando sale con la bici, cada vez le cuesta más volver a casa.

—Tengo miedo de que evolucionemos en direcciones totalmente opuestas —añade, con la esperanza de que Peter la contradiga.

El gato al que le falta una oreja se frota contra la mesa y salta al regazo de Peter, se revuelve hasta enroscarse a su gusto y empieza a ronronear. Peter sonríe y le pone una mano encima del pelo.

—Ya ves —suspira—, a veces no se puede evitar que dos personas dejen de caminar al mismo paso —y acaricia al gato con todos los dedos—. ¿Acaso es tan malo eso?

A Rahel se le corta el aliento.

—¿Hablas de separarnos?

—No, Rahel. Solo estoy pensando en voz alta.

A ella le sube fuego a la cara.

—Pues piensa en voz baja —le bufa.

—No tienes por qué tener miedo —dice él calmado—. Este lugar me inspira a plantearme algunas posibilidades distintas. Por ejemplo, pasar los meses de verano como pastor alpino.

—Ya no piensas desde el plural —dice Rahel con voz apagada.

—Eso no es así —la contradice él—. El plural no lo pongo en duda en ningún momento. A lo sumo, el papel que tengo yo en ese «nosotros». Y mi profesión.

El gato salta de su regazo al suelo y se aleja. Como si hubiera percibido la tensión.

Rahel observa a Peter, a quien justo hoy encuentra extraordinariamente atractivo. Es muy raro oírla hablar de él como «mi marido». El posesivo siempre le ha parecido como un collar con cadena, aunque lo más hondo de su interior alberga justo ese deseo: él es su marido, de ella y de nadie más. Y ella es su mujer, de él y de nadie más.

Otros hombres de esa edad tienen aventuras con mujeres más jóvenes, vuelven a ser padres, se compran un coche deportivo o entrenan como posesos para un triatlón. Conoce casos en los que coinciden las cuatro cosas.

—Lo siento —murmura—. Ni yo misma sé lo que me pasa.

«No te preocupes. Yo te amo y te deseo...». Si fuera el héroe de su película, Peter le diría frases así. Pero Peter es Peter, y por eso deja los cubiertos a un lado, termina de masticar con parsimonia y dice:

—Pastor alpino. Me gusta la idea.

Por la tarde, Rahel va sola al bosque a recoger arándanos.

Se siente menos angustiada, se le ha pasado el dolor de cabeza y, en un cuarto de hora, ha llenado de fruta un cubito de plástico.

En el camino de vuelta se cruza con un perro. Se para y baja la cabeza, esperando que el animal la ignore. Por supuesto, el perro va derecho hacia ella, le olisquea la pierna desnuda y la llena de babas. Su pelo negro y greñudo le trae recuerdos.

Uno de los novios de su madre, con quien vivieron un tiempo, tenía un perro parecido... grande y feo, pero bien educado. A ella la dejaban sacarlo a pasear. Y aunque no le hacía demasiada ilusión aquel perro, salía a la calle con él regularmente solo por la imagen que ofrecían juntos: una niña pequeña muy guapa con un perro que se veía gigante y al que, de vez en cuando, ella ponía en su sitio con voz firme, haciendo valer su autoridad y llamando la atención. Iba con la cabeza bien alta mientras recorría las grises calles de la parte nueva de Dresde, donde por aquel entonces apenas pasaban coches, a lo largo de edificios en estado ruinoso, y buscaba cruzarse con gente o pasar por delante de las pocas cristaleras que había para verse reflejada en ellas con el perro.

Tamara, encariñada con el animal desde el primer momento, tenía muchas ganas de ir con ellos, pero Rahel siempre conseguía inventarse algo para impedirlo.

El perro desaparece en el bosque, pero el recuerdo de su hermana de niña la persigue durante el resto del camino de vuelta.

Tamara ofrecía el ejemplo de cómo una criatura moldeada por el rechazo se convierte justo en la persona que los demás ven en ella. El mohín de nacimiento que formaban las comisuras de sus labios hacía que pareciera enfurruñada incluso cuando estaba contenta, y así llegó un día en que el enfurruñamiento se había convertido en el rasgo principal de su carácter. Así había ido a caer en la vida... como un pájaro con las alas rotas.

En la cocina, Rahel prepara masa para crepes, le añade un puñado de arándanos y echa un cucharón a la sartén para tostarlo en mantequilla. Simon estaría aplaudiendo. De niño, batía todos los récords de engullir crepes. Con media docena podía sin esfuerzo. Quién le iba a decir a ella que aquel niño acabaría con el pelo rapado y de impoluto uniforme, jurando fidelidad a la bandera patria.

«Juro servir fielmente a la República Federal de Alemania y defender con valor el derecho y la libertad del pueblo alemán con la ayuda de Dios».

La parte que alude a Dios podía haberla omitido, pero la pronunció también.

Peter se mostró inesperadamente sereno durante toda la ceremonia de la jura. Aunque no le agradaba nada la decisión de Simon, su capacidad de contención lo acompañó. Ni una arruga en la frente, ni un músculo de la cara movió. Ni siquiera ante el hecho de que Simon se encomendase a un Dios en el que él no creía dejó adivinar un solo signo de desaprobación. Por cosas así lo amaba Rahel.

Peter se mete en la boca un crepe enrollado y se lo zampa de tres mordiscos. Directamente, coge el siguiente.

—Desde que se emanciparon los chicos, casi nunca los haces —farfulla y sigue zampando.

—Y a ti hablando con la boca llena también hacía siglos que no te veía —le replica ella sonriendo.

Peter se limpia los dedos en un trozo de papel de cocina y se encoge de hombros a modo de disculpa.

—Es que están demasiado ricos...

Rahel le deja la tarea de recoger la cocina y sale al patio. Las flores que ha plantado nuevas tienen buen aspecto. Detrás del establo, al lado del jardín de las gallinas, descubre un nuevo parterre que hasta ahora no le había llamado la atención, porque lo tienen invadido las plantas silvestres. Por poco no pisa un tablón de madera con clavos oxidados. Lo levanta y lo apoya contra la pared del establo, agrietada por varios sitios. Si es que toda esa casa es un pozo sin fondo.

En el patio, Peter ha empezado a dar de comer a los animales. La cigüeña traga pollitos recién nacidos, descongelados.

—Se pasea por todas partes como si fuera la reina de la granja. ¡Y vaya forma de mirar más arrogante! —le dice Rahel a Peter, que contempla al ave con visible satisfacción. Él se ríe.

—Juzgarlos con criterios morales es absurdo. Los animales son lo que son. Al contrario que nosotros, que siempre pretendemos aparentar algo.

Rahel pone los ojos en blanco.

—Que sí, que ya lo sé. Tampoco hace falta que te pongas en modo conferencia todo el rato.

Cuando va a pasar por delante de él, Peter la retiene.

—Anda, ven aquí —le dice, la rodea con los brazos y le acaricia la espalda.

Rahel aprieta la cabeza contra su pecho y cierra los ojos.

Casi le da vergüenza, pero un único abrazo de verdad le basta para ablandarse.

Viernes

Hoy Rahel espera el correo con impaciencia. Con el paso de los años se ha vuelto cada vez más difícil encontrar regalos que le hagan ilusión al otro. Tienen de todo lo que les hace falta y más. Sin embargo, el miércoles, fruto de una inspiración repentina, encargó dos cosas para Peter: un té verde japonés que él solamente se permite en ocasiones contadas por lo caro que es (60 euros los 100 gramos) y un libro de fotos de Dresde en el siglo XIX.

Tienen la suerte de vivir en lo que llaman el Barrio Nuevo, céntrico, pero sin ser el casco antiguo, en una parte de la ciudad que no quedó arrasada en 1945. Peter ha leído todo sobre los bombardeos de los americanos y los británicos y sobre el ataque aéreo a Dresde ordenado por Arthur Harris a modo de castigo ejemplar. Una vez se dejó sobre la mesa de la cocina un libro de fotos: *Brandstätten. Der Anblick des Bombenkriegs*[9]. Simon tendría unos diez años. Rahel llegó tarde para impedir que el niño se quedara estupefacto, con la mirada clavada en dos cadáveres completamente calcinados, y esa noche Peter y ella discutieron por eso.

[9] Se refiere a la obra de Jörg Friedrich de 2003. El título traducido sería: *Lugares consumidos por el fuego. La vista de los bombardeos estratégicos*. (*N. de la T.*)

Cuando pasean por la ciudad, Peter suele comentar cuánto le habría gustado conocer Dresde antes de los bombardeos. El libro de fotografías que le va a regalar es un pobre sucedáneo de eso, pero Rahel espera que le haga ilusión de todas formas. Se acerca al buzón a paso ligero, abre la tapa y da un respiro de alivio. El té y el libro han llegado.

A finales de los noventa y principios de los dos miles, siempre celebraban el cumpleaños de Peter con un tropel de amigos en el «Saloppe», un merendero a la orilla del Elba, pero a día de hoy ni los amigos ni el local son lo que eran.

¿O será al revés? ¿Será que quienes han cambiado mucho son Peter y ella?

Durante muchos años, su círculo de amistades estaba formado por gente de lo más variopinto. Las primeras rupturas se produjeron cuando tuvieron hijos. La manera de educarlos era objeto de fuertes discusiones y no se pudo conservar algún que otro vínculo con padres demasiado permisivos y sus vástagos, insoportables aunque no fuera culpa suya.

Una de las parejas de amigos adoptó la comunicación no violenta, que, entre otras cosas, implica eliminar la ironía. Rahel, al principio, accedió a ponerla en práctica, aunque de mala gana, pero Peter se divertía muchísimo provocándolos y daba rienda suelta a su agudeza de ingenio en ese terreno. Una amistad más que se deshizo sola, sin ruido.

Otros, a su vez, a raíz de cómo fue evolucionando la sociedad en la Alemania unificada, exigían que se hiciera explícita una postura política clara, a lo que ni Rahel ni Peter estuvieron dispuestos. Sus opiniones no encajaban con ningún sector político como tal. Después de los incidentes en la universidad, también se distanciaron de ellos algunos de los compañeros de Peter.

No paraban de formarse montones de círculos nuevos, pequeños y homogéneos, pero que se apreciaban tan poco como se entendían. Cuanto más se apelaba a la tolerancia, menos tolerante se mostraba la gente. Al menos era esa la impresión de Rahel. Sí que les quedan algunos amigos, a pesar de todo. Henriette y Axel, la pareja de médicos cuyos hijos eran amigos de Selma y Simon y que viven muy cerca, en el barrio de Radeberg, en las afueras. Enzo, licenciado en Historia y que tiene una librería de viejo y vive en un piso diminuto encima de la tienda, y, por último, Cordelia, la dueña de las bodegas con viñedo propio cerca de Radebeul. Hace muchos años, Peter se puso a hablar con ella en las Fiestas de la Cultura del Elba, y, una vez que Rahel consiguió superar los celos, surgió una estrecha amistad entre todos.

Mientras vuelve a la casa, Rahel hace el propósito de invitarlos y celebrar el cumpleaños con ellos cuando hayan vuelto a Dresde.

En su cuarto, acerca una silla a la ventana y llama a Ruth.

Lo primero que oye son chillidos de gaviotas. Ruth está descalza en medio de la arena, mirando al agua, que hoy tiene el color del mar meridional. Casi turquesa. Precioso.

—¿Dónde está Viktor? ¿Cómo está? —pregunta Rahel.

—Tiene fisioterapia. Antes ha dado un pequeño paseo por la playa conmigo.

—Eso suena bien —exclama Rahel en tono animado, aunque al otro lado del teléfono reina el silencio.

—¿Ruth? ¿Sigues ahí?

—Sí, sí.

De nuevo, Ruth calla, y luego pregunta:

—¿Lo oyes, Rahel? El viento, las olas, las gaviotas... A veces, hasta me levanto a las cinco de la mañana para ser la primera en la playa. Y siempre que veo un bonito trozo de madera de deriva, lo cojo y me pregunto si le serviría a Viktor para tallar algo. Antes siempre volvíamos del Báltico con cajas llenas de todo lo que habíamos encontrado, y luego él desaparecía en su taller nada más llegar y, durante días, solo salía para comer y dormir.

Se ríe, pero es una risa sin alegría.

—Óyeme, querida —prosigue Ruth—, ahora me voy a meter en el agua y te vuelvo a llamar. Igual hoy ya no, pero como tarde el domingo, y así felicito a Peter. Que estéis bien. Adiós, querida.

Y cuelga sin haber hecho una sola pregunta sobre la situación de su casa.

Para evitar el calor, comen dentro. Rahel ha preparado sándwiches con tomate, mozzarella y pesto de albahaca, acompañados de ensalada verde. Sin preguntar, Peter le pone una copa de vino blanco. Como ella la mira con gesto escéptico, le dice:

—Venga ya, que estamos de vacaciones.

Después de comer, mientras toman café, Rahel se acuerda del cigarrillo. Hace días que se le han pasado aquellas ganas de fumar, pero ahora vuelve a sentir la tentación.

Peter habla y habla. ¿Por qué no se retira a su habitación como los demás días? No le deja opción a escapar. Le cuenta que se ha propuesto memorizar un poema cada dos días durante el tiempo que les queda en Dorotheenfelde. Que si empieza hoy mismo, cuando vuelvan a casa a Dresde, se sabrá seis. Para ejercitar el cerebro. Buena forma de cuidar el espíritu en tiempos de espíritu.

Sonríe.

—Podrías hacerlo conmigo.

Rahel menea la cabeza y se rellena la copa.

—Yo estoy de vacaciones.

Más tarde, se queda de pie junto a la puerta de la casa, asomada al exterior. No se ve a ninguno de los animales. Nubes de un azul oscuro oscurecen el cielo, el aire es como un zumbido. Un golpe de viento levanta polvo por delante de ella, y muy a lo lejos oye un suave rugido de truenos. Sube las escaleras. En el pasillo, se detiene: la puerta de Peter está entreabierta.

En el cuarto de Peter hace un fresco muy agradable. Él está estirado en la cama cuan largo es, con las manos cruzadas detrás de la cabeza y los botones del pantalón desabrochados, musitando algo. A su lado tiene un libro abierto y vuelto del revés.

—¿Qué haces? —le pregunta Rahel, sentándose a su lado.

—Aprenderme de memoria la primera estrofa de «Mitad de la vida» de Hölderlin.

—Ese se lo sabe todo el mundo —replica ella poco impresionada y, allí mismo, inspirada por efecto del vino, le recita las dos estrofas sin un solo fallo.

Estupefacto, Peter la mira, asiente con la cabeza en señal de aprobación, sonríe y no dice nada.

Rahel se tumba a su lado. Acomoda la cabeza en la fosa del codo de Peter y le coloca una mano en la tripa. El pecho de Peter sube y baja rítmicamente y su olor la envuelve. Rahel cierra los ojos y desliza una mano por dentro del pantalón.

Asombrada consigo misma, desliza la mano otro poco más abajo y, cuando nota que el cuerpo de Peter reacciona a los movimientos de sus dedos, lo besa. Luego son las manos de Peter las que la buscan a ella y su barba incipiente le raspa la piel. Rahel deja que le quite el vestido y las bragas y, aunque en un cuarto de hora se ha terminado todo, tiene la sensación de que Peter ha regresado junto a ella después de un largo viaje.

Sábado

Poco después del mediodía, oyen el coche.

Están tomando un café, sentados en el banco que hay junto a la entrada de la casa, levantan la cabeza al mismo tiempo y miran con cierta tensión hacia la entrada del patio. No esperan a nadie, y el correo tiene que haber pasado hace bastante.

«No, por favor», piensa Rahel. Los ojos de Peter revelan un temor parecido.

Ahora que se había reducido la distancia entre ellos, todo cuanto venga del exterior no es más que una perturbación y una amenaza.

Lentamente entra en el patio un coche. Matrícula de Múnich. La cara de Peter se ilumina, Rahel se levanta de un salto y va a su encuentro.

Por la puerta del copiloto se baja Selma.

—Hola, mamá —exclama, abre luego la puerta trasera y saca en brazos a Max, medio dormido.

Simon se acerca a Rahel con paso elástico. Su abrazo es firme y cariñoso. Rahel inspira su olor cálido y, por un instante, se siente transportada a la época en que ella aún era joven y su hijo, un bebé. Desde el primer momento, le encantó cómo olía aquel niño, bebía su olor y nunca se cansaba.

—¿Qué? ¿Contenta de que te haya traído a tu principito? —pregunta Selma guiñando un ojo, también con ciertas ganas de pelea. Peter la rodea con los brazos y acaricia las mejillas coloradas de dormir que trae Max.

—¿Qué hacéis aquí?

Simon y él también se saludan con un fuerte abrazo, y Selma dice como cantando:

—¡Sorpresa de cumpleaños!

—Pero si no es hasta mañana...

—Mañana por la tarde ya tengo que estar de vuelta en Múnich —explica Simon.

Rahel mira a Selma:

—¿Dónde está Theo?

—No ha querido venir. Lo he dejado con Vince.

Rahel asiente con la cabeza y lo considera buena señal.

Luego pone las manos sobre los brazos de Simon y los aprieta fuerte. Selma adopta un tono despectivo.

—¡Ay, cómo mira a su niño! Como si estuviera enamorada.

—No se ven desde las Navidades, Selma —media Peter, aunque de inmediato lanza una mirada de advertencia a Rahel.

—¿Venís con hambre? —pregunta—. Os puedo preparar algo en un momento.

Simon indica con un gesto que no.

—No hace falta, mamá. Hemos comido por el camino.

En el habla de Simon ya se nota un ligero deje bávaro.

—Esto está igual que siempre —constata después de echar un vistazo a su alrededor—. Es como si por aquí no pasara el tiempo.

Media hora más tarde, Rahel observa a su hijo mientras juega con Max.

Simon, metido en el agua hasta la cintura, levanta a Max por encima de su cabeza y lo hace bajar de golpe como si fuese a tirarlo al lago. Max chilla de alborozo; no se cansa del juego ni después de veinte veces. Simon entrega el manojillo de nervios a los brazos de Selma, pero el pequeño vuelve a subirse encima de su tío una y otra vez.

Simon se estira sobre la arena. Su cuerpo da buena muestra de los resultados de hacer mucho deporte y llevar una vida sana, y Rahel no puede evitar mirarlo todo el rato.

—¿Yo de niño también daba tanta guerra? —pregunta sonriendo y haciendo por mantener lejos a Max, que intenta subírsele encima desde cualquier lado.

El «sí» de Peter y el «no» de Rahel suenan al unísono, y Selma exclama:

—¡Lo sabía!

Dirigiéndose a Simon, añade:

—En la memoria de mamá, la única que daba guerra era yo.

—Es probable que fuera así —responde Simon riendo.

Selma le tira un puñado de arena.

Rahel se esfuerza por mirar hacia otra parte. Ojalá pudiera quedarse unas horas a solas con Simon. Charlar con él es un gusto, porque no te suelta cualquier cosa sin pensar y jamás deja que las emociones desagradables escalen hasta el nivel habitual en las conversaciones con Selma.

Ahora, Max se ha colgado de la espalda de Simon. Sin esfuerzo, el joven hace veinte flexiones con el niño encima, luego se sacude para que el pequeño se caiga hacia un lado, corre al agua y desaparece buceando. Max se pone a berrear.

La única ocasión de tener a su hijo un rato para ella sola va a ser la última hora de la tarde, cuando Selma suba a acostar al niño. Saca la bolsa de plástico con las cosas de jugar en la arena, las esparce alrededor de Max y este se calla con la misma rapidez con que empezaron los berridos.

Selma se ha arrimado a Peter. Apoya la cabeza en el hombro de su padre, su melena le cae por la espalda a él.

—Simon siempre está encantado de la vida —dice, con el corazón en la mano, en tono de reproche.

Peter la rodea con el brazo.

—Simon seguro que también tiene sus momentos malos. Además, todavía no tiene niños pequeños. Acuérdate tú de cuando...

—No, no es eso —le interrumpe ella—. Tan feliz como él no he sido yo en la vida.

Se aprieta aún más contra su padre... con las piernas encogidas hacia el cuerpo y la cabeza hundida hacia el pecho. Permanece un buen rato en esa posición casi fetal.

Luego, de repente, se levanta de un salto y brinca hacia Max, se deja caer como un fardo a su lado, coge una palita y se pone a hacer un castillo. Toda la pesadumbre parece haberse esfumado en un abrir y cerrar de ojos. Con alegría infantil, hace un agujero en la arena, tontea con el niño y le da un achuchón.

Jugar con los niños según sus propias reglas de niños nunca se le ha dado bien a Rahel. Poner voces y mover animalitos de juguete como si corrieran por el parqué, hacer de médico de las muñecas o de gladiadora, buscar a Simon en el escondite o relinchar y arrastrar por el pasillo a Selma, metida en una caja de cartón... todo eso la aburría hasta decir basta y le encomendó la tarea a Peter. Cierto es que él tampoco resultó mucho mejor en aquel papel impuesto.

«Los niños tienen que jugar con otros niños», era su argumento cada vez que se escaqueaba de entretener a sus hijos. A Rahel le extrañaría que lo atormentase el remordimiento por

ello. A ella, por el contrario, se le revuelve la mala conciencia viendo lo paciente que es Selma jugando con su hijo. Le
vienen a la mente expresiones como «mala madre», «tiempos
que no volverán» o «pérdida irrecuperable».

Se acerca a Peter, se sienta a su lado, justo donde ha estado
Selma antes, y le roza el brazo muy suavemente. Una sonrisa
apenas visible ilumina el rostro de Peter. Solo se percibe en
sus ojos, pero a ella la tranquiliza.

A media tarde, tras una abundante merienda de té helado, café y bizcocho, Peter sube a lomos de la yegua al intimidado
Max y se lo lleva a dar una vuelta.

Simon y Selma se acercan a la piedra del glaciar para enviar unos cuantos mensajes con el móvil, Rahel se queda un
ratito más sentada a la mesa.

Los esfuerzos de Vince por salvar su matrimonio no han
sido infructuosos. Selma y él ya tienen concertada una primera cita para una terapia de pareja quince días más tarde. La
idea de estudiar Ilustración en Leipzig no está descartada del
todo, aunque el nombre del tipo de las instalaciones electroacústicas ha dejado de aparecer en ese contexto. En lugar de
ello, Selma les ha contado que Vincent podría pedir el traslado
a una sucursal de su banco en Leipzig. Un cambio podría sen-
tarles muy bien a ambos.

Simon, por su parte, ha contestado con evasivas a las preguntas por su vida privada. Ahora mismo, tanto Lisa como él
tenían mucho lío. No querían ponerle ninguna etiqueta a su
relación. Querían seguir abiertos a posibles cambios...

—Blablabla... —según Selma, a lo que Simon no había podido evitar sonreír.

Rahel se pregunta a quién habrá enviado esos mensajes,
puesto que para Lisa no deben de ser. Ninguna de las novietas

150

que ha tenido su hijo hasta entonces le ha convencido demasiado. Son todas iguales, muy atléticas y rubísimas con cola de caballo y cuerpos de medidas perfectas. La teoría de Selma al respecto es tan sencilla como convincente: la cosa va de sexo... y ya.

Selma es la primera que vuelve a la mesa. Se sienta al lado de Rahel y suspira:

—¿Va todo bien? —pregunta Rahel, cumpliendo con su papel de madre.

Selma se encoge de hombros.

—Quiero arreglar las cosas con Vince, pero no sé cómo. Cuando quiere tocarme, me quedo como agarrotada. ¿Tú crees que eso se pasa?

Rahel reflexiona un instante, luego dice:

—Nosotros también hemos tenido esos problemas.

—¿En serio?

Selma abre los ojos como platos. Es evidente que la hija jamás habría esperado algo así de sus padres. Eso al menos lo hicieron bien Peter y ella: siempre han sido unos padres estables para sus hijos.

—Pasamos por rachas así una y otra vez.

—¿Y qué hicisteis?

—Bueno —dice Rahel—, echarle paciencia. Y os teníamos a vosotros —calla un momento y añade—: Como nunca perdimos el interés por el otro, ni la convicción de que el otro es la persona adecuada... Ni siquiera en las épocas más difíciles. Si no hubiéramos podido tomarnos en serio mutuamente, tampoco habríamos conseguido salir adelante.

La mirada de Selma va dirigida hacia su propio interior.

—¿Tú aún sientes respeto por Vince? —pregunta Rahel, temiendo la respuesta.

Sin dudarlo, Selma dice que sí.

Suena como si se sorprendiera ella misma, como si hasta ahora nunca se hubiera hecho esa pregunta. Luego, pregunta a bocajarro.

—¿Y siempre os habéis sido fieles?

Con eso la que no contaba es Rahel. Mentir estaría mal, pero hacerse cargo de la verdad sería demasiado pedirle a una hija.

Lo cierto es que Peter jamás la ha hecho arder de pasión. El sexo siempre ha sido agradable, pero nunca desenfrenado. Por eso lo engañó. Y desde que tuvo la experiencia de que un breve roce le electrizase el cuerpo entero, de que una sola mirada desencadenase como una corriente de calor en su bajo vientre, sabe que el anhelo de esa sensación ya no desaparecerá nunca.

—En el corazón sí —responde, evitando mirar a Selma a los ojos. Se siente aliviada al ver entrar en el patio a Peter con Max a hombros y la yegua detrás.

Durante la cena, Selma lanza miradas de desconfianza en la dirección de Peter.

Por lo que parece, sospecha de él. Rahel desearía haber mantenido la boca cerrada.

Peter teniendo una aventura. Qué absurdo. Ahora bien, el que —según su propio testimonio— no la haya engañado nunca en todos esos años no es tanto un mérito admirable como la expresión del desprecio que siente Peter hacia todo lo relacionado con los instintos. Rahel sabe que hubo algún amago, pero sin éxito. «No somos animales, podemos tomar decisiones», reza el credo de Peter a este respecto.

A Rahel le cuesta concentrarse en la conversación en la mesa. Cuánto desea quitarle de la cabeza esa idea fija a Selma, y luego, cuando ella misma aprovecha la primera ocasión, la joven se queda mirándola fijamente, descorazonada.

—¿Le engañaste *tú*?

Casi en tono de amenaza, Rahel replica:

—Y tú ahora no te me vayas a poner estupenda...

—No pensaba —dice Selma sin alterarse. Luego, después de un rato pensativa en silencio, añade—: ¿Crees que somos como la abuela?

—No —responde Rahel al instante con absoluta determinación—. Como tu abuela te aseguro que no somos.

Como esperaba, Selma necesita un rato para dormir a Max, y, en tanto que Peter se ocupa de la cocina, Rahel sale con Simon a dar el anhelado paseo. Muy lejos no van, ya está anocheciendo y se nota que los días son cada vez más cortos.

Simon le cuenta que se está preparando para la prueba de ingreso a la formación de oficial de alta montaña, que después quiere hacerse él mismo instructor de las tropas alpinas, y que, habiendo estudiado Educación Física, en todo caso tiene muchas posibilidades aunque no le salga el plan A.

Lo que asombra a Rahel una y otra vez es lo claras que tiene Simon sus metas. Lo habitual en su generación de probar una cosa, dejarla, empezar de nuevo y todo ello unido al sueño de un equilibrio perfecto entre vida y trabajo parece del todo ajeno a Simon. Él no diferencia entre trabajo y vida.

—Papá está muy contento de que hayas venido —dice, lo cual significa, sobre todo, que está muy contenta ella.

Simon sonríe.

—Antes, el cumpleaños de papá era para mí un día horrible, porque también era el cumpleaños de la bisabuela Anna y siempre teníamos que ir a su casa a tomar el café.

«Bisabuela Esclusa» la llamaban los niños, porque siempre mandaba a su marido, Ernst, a «pasar antes por la esclusa» cuando llegaba a casa. Le obligaba a quitarse la ropa en el vestíbulo, ir al baño, lavarse y mudarse. Luego ya sí le dejaba entrar en las demás habitaciones. En el salón, Ernst solía quedarse sentado en su sillón de orejas de color marrón, envuelto en una manta de lana, porque Anna se pasaba el día ventilando. Afirmaba que olía a humo, cosa que no era así nunca. Después de morir Ernst, Anna decía lacónicamente: «Al menos ya no pasa frío».

—Teníamos que lavarnos las manos durante minutos, y a veces nos cepillaba el pelo antes de dejarnos pasar —se acuerda Simon—. Y en su casa te pelabas de frío, porque siempre tenía las ventanas abiertas.

—En invierno, con la calefacción puesta —añade Rahel.

—Y aquel espray ambientador asqueroso con el que no paraba de fumigar...

Simon se sacude.

—Tenía un trastorno obsesivo importante —explica Rahel, y piensa en Edith, a quien le tocó crecer con aquella madre a quien luego impidió todo contacto estrecho con sus nietas.

«A casa de esa bruja no vamos —le decía Edith a sus hijas—, que no le gustan nada los niños».

Lo más curioso de todo es que el abuelo Ernst ni siquiera aparece en el relato. Como si no existiera. Y era un hombre amable y buena persona que murió como había vivido: sin hacer ruido y sin ser una carga para nadie.

Más tarde, estando Rahel sola en su habitación, en la cama, la pregunta de Selma sigue rondándole por la cabeza «¿Crees que somos como la abuela?». El sueño tampoco consigue despejar la pregunta. No hace más que arrastrarla a capas de la conciencia más profundas, donde da lugar a imágenes espantosas de las que Rahel se despierta a la hora de siempre. No, no son como Edith, ni Selma ni ella.

Ha necesitado una vida entera para formarse una imagen de su madre medio convincente a partir de los fragmentos que a duras penas consiguió de ella. Aunque había nacido después, Edith no dejaba de ser una víctima de la guerra. Víctima de una madre que se había encontrado corriendo por una Dresde en llamas, con un disfraz de Carnaval de diosa griega cosido por ella misma y unos zapatos dorados que se le quedaban pegados en el asfalto derretido por el calor, y así siguió corriendo descalza hasta que le salieron ampollas en los pies. Sin dejar de correr, echó la vista atrás buscando a sus hermanos. Pero detrás de ella no había más que un mar de llamas.

Cuando, seis años más tarde, trajo al mundo a una hija y la llamó Edith, nadie se dio cuenta de que en el interior de esa Anna seguía alojado el horror de entonces. Tampoco Edith supo verlo, pero lo percibió durante toda su infancia. En adelante, el motor de su vida fue siempre la búsqueda de ese sentimiento particular que, entre otras personas, se da de una manera natural.

Edith no sabía lo que era ese sentimiento exactamente. La idea que tenía era vaga y romántica. Lo buscó entre actores, bailarines y pintores, puesto que, al fin y al cabo, dominaban la expresión del sentimiento. Lo buscó con personas dañadas como ella y lo que encontró fue el alcohol, la vida loca y hombres que la deseaban y despertaban aquel sentimiento durante cierto tiempo; eso sí, en cuanto se debilitaba un poco, ella emprendía una nueva búsqueda, y las únicas constantes en su vida fueron Ruth y Viktor.

A pesar de todo, el trauma que marca la vida de todas se va atenuando. De generación en generación pierde fuerza. La propia Edith, nacida de la frialdad de quien se ha convertido en piedra, no tenía nada de fría ni de rígida. Su amor era una veleta, pero era ardiente. Y por lo que respecta a Selma y Simon, las circunstancias bajo las cuales han tenido la oportunidad de crecer pueden considerarse casi ideales.

Rahel cierra los ojos y no tarda en quedarse dormida. Sus sueños la conducen ahora a esferas más tranquilas. De nuevo aparece Edith, pero más pálida de lo habitual, más sosegada e inusualmente dulce.

Domingo

Por la ventana de la cocina, que da al este, entra la luminosidad de la mañana. En la mesa hay un ramo de flores que Rahel se ha apresurado a cortar del jardín. Ve a Peter atravesando el patio con un cubo de pienso para las gallinas en la mano y calcula que tardará una media hora en poner la comida a todos los animales. A felicitarlo ha ido ya, nada más levantarse. Después de trece días, se ha quitado el vestido de lino negro, se ha puesto uno blanco camisero y, descalza, se ha acercado de puntillas hasta el cuarto de Peter a darle un beso.

Ahora está poniendo la mesa, casca unos huevos para batirlos con un poco de nata, sal y pimienta.

En el momento de echar el agua hirviendo sobre el café, aparece Selma con Max en brazos.

—¿Me pones café a mí también? Con leche caliente, por favor.

Rahel asiente con la cabeza, se ocupa primero de echar el agua al té de Peter, luego de la leche y, por fin, se sienta a la mesa con su hija.

—¿Le habéis traído algún regalo a papá? —pregunta.

Selma asiente con la cabeza y sopla el café de su taza.

—Quema —apunta Max con voz seria.

—Y bien bonito —dice Selma.

Luego levanta la mirada, mantiene a su niño bien abrazado y mira a Rahel directamente a los ojos.

—Mamá...

—Dime, tesoro.

—Gracias por seguir juntos papá y tú. Da gusto estar aquí, con papá, con Simon y contigo. Da gusto tener una familia.

Sus grandes ojos castaños brillan humedecidos y le tiemblan un poco los labios.

—¡Ay, cariño! —exclama Rahel, se levanta de un salto y rodea los hombros de Selma con los brazos. Le da un beso en la frente y le ordena el pelo revuelto por detrás de las orejas. Las dos lloran y ríen a la vez. Max levanta los ojos con cara de susto, pero parece entender que no pasa nada malo y se pone a chuparse el dedo.

Simon asoma la cabeza por la puerta:

—Buenos días a todos. Me voy a nadar alrededor del lago una vez y vuelvo en media hora.

Selma se limpia las lágrimas. El arrebato de amor se adueña de todo el cuerpo de Rahel y hace que le tiemblen las rodillas. Con las piernas flojas, vuelve a su silla, pero alarga los dos brazos por encima de la mesa para cogerle las manos a su hija.

Después de desayunar, Peter abre sus regalos. De parte de Selma y Simon, unos auriculares diminutos y sin cable que inspecciona poco convencido.

—Sabía que iba a poner esa cara —dice Selma a Simon y, con mucha paciencia, como a un niño, le explica a Peter las ventajas de tales artilugios. Rahel sonríe y duda que los utilice alguna vez, pero cuando Peter, ante la insistencia de sus hijos, los conecta a su teléfono y escucha una de sus canciones favoritas —«*Hallelujah*» en la versión de Jeff Buckley— se le ilumina el rostro, y les dice a todos a gritos: «¡Excelente calidad de sonido!», mientras todo su cuerpo se mueve al son de la melodía que se despliega.

—¡No hace falta que grites así! —le grita Selma en respuesta, y Simon se da en la frente con la palma de la mano y se ríe.

En cuanto desenvuelve y abre el libro de Dresde, se queda absorto en las imágenes históricas.

Simon y Selma se asoman por encima de sus hombros.

—Hay que reconocer que Dresde era preciosa —constata Selma con pesadumbre.

—Mmm —hace Peter y sigue pasando hojas. Al cabo de unas páginas, se detiene y dice—: Ya ves... y luego te encuentras en clase a un estudiante con una camiseta en la que pone «Bomber Harris do it again».

—¿Cómo? —Rahel lo mira—. Eso no me lo habías contado.

Peter hace un gesto de rechazo con la mano.

—Toda palabra es una palabra de más.

—Esa máxima la he visto yo también en grafiti.

Peter se encoge de hombros.

—Un país donde la gente joven clama por su propia aniquilación no tiene futuro.

—Eso no son más que unos pocos imbéciles —objeta Selma.

—Pero unos imbéciles a los que nadie les para los pies. Por cierto, yo tampoco.

Simon está con la barbilla contra el pecho y los brazos cruzados. Y los músculos de la mandíbula en tensión.

—Así que yo sirvo a un país sin futuro —comenta muy molesto—. En caso de emergencia, me juego la vida por nada, según tú.

Peter levanta la vista asustado y cierra el libro de golpe. Suspira y se frota la frente antes de responder.

—No lo he dicho en ese sentido, Simon. Pero bien sabes cómo están las cosas.

—Tu postura tampoco las pone más fáciles. Tendrías que haber hecho algo. Echarle una buena bronca al estudiante, por ejemplo. Preguntarle si realmente tiene idea de lo que proclama.

—Tendría, sí —Peter le da la razón. Luego, después de reflexionar unos instantes, añade—: Es lo que he hecho siempre. Me he dedicado a ilustrar a quien no sabía, a aportar argumentos objetivos, a establecer diferencias. Pero el pensamiento frío y racional no tiene nada que hacer en los tiempos que corren. La confrontación no te trae más que el linchamiento digital. Y yo a eso ya no me presto más. Hay cosas más importantes.

—¿Por ejemplo? —el tono de Simon sigue siendo muy cortante.

—Vosotros. Mi familia, nuestros amigos, los buenos libros...

—Ah, ya entiendo —dice Simon con sarcasmo—, así que te desentiendes de la responsabilidad...

—Ya está bien —interviene Rahel—. Tu padre ni elude la responsabilidad ni es un cobarde. Tú no tienes ni idea de la que se armó el año pasado en la universidad.

Por entonces, Rahel hablaba bastante del tema con Selma, pero a Simon solo se lo mencionó una vez. Quiso protegerlo, no fuera a perjudicarlo de algún modo lo de su padre. *A posteriori*, le parece muy de lamentar, y como para compensar el error pasado, ahora hace partícipe a su hijo de los acontecimientos del verano anterior.

Peter rompe el silencio que después reina en la cocina.

—Ya está bien. Que solo os quedan unas horas aquí.

—Y en la cocina no os quiero —dice Rahel—. Para hacer una tarta necesito estar tranquila.

Manda a todos fuera. Simon, al pasar, agarra a Max, y poco después lo ve Rahel a través de la ventana, jugando al caballito con el niño, que chilla de júbilo.

Luego está sentada a la mesa de la cocina, con la mirada puesta en el horno, respirando el aroma cargado, caliente y dulce de la masa del bizcocho que va subiendo. Al final lo ha hecho Selma. Es a quien mejor se le da la repostería.

Selma está junto a la ventana, de espaldas a ella. La pregunta que formula pretende sonar como quien dice algo de pasada, pero Rahel conoce a su hija demasiado bien como para no captar cierta segunda intención. Algo pasa.

—¿Podéis quedaros con los niños el fin de semana dentro de quince días? ¿De viernes a lunes? Lo más fácil es que el mismo lunes los dejéis en la guardería y ya los recojo yo por la tarde.

—¿Quieres pasar tiempo a solas con Vince? —pregunta Rahel haciendo por ser conciliadora.

Selma no responde de inmediato. En lugar de ello, se acerca al horno, se agacha, se asoma por el cristal y murmura:

—Tiene buena pinta.

En un tono de fingida indiferencia, añade:

—Vince se va el fin de semana. De excursión en canoa por el parque natural del Unstrut. Su viaje con los amigotes de todos los años, ya sabes.

—Pensaba que querías salvar tu matrimonio.

Entonces, toda tensión desaparece del rostro de Selma. Con un profundo suspiro, se deja caer en la silla de enfrente de su madre.

—Claro que quiero. Pero tengo que averiguar si mis sentimientos por Vince todavía son lo bastante fuertes.

—¿Y crees que lo verás más claro si quedas con tu amante?

—Sí —consigue decir Selma—. Sí que lo creo. A lo mejor me doy cuenta de que no es tan maravilloso.

—En un fin de semana sin niños, sin obligaciones y sin vida cotidiana apenas conocerás su lado malo, Selma.

Rahel sacude la cabeza. Su mirada se dirige hacia el exterior, donde Peter y Simon hablan con cierto acaloramiento, mientras Max está sentado en el suelo, fascinado por la cigüeña que pasa por delante con majestuosas zancadas.

—Por favor, mamá.

—Si hace un rato me has dicho cuánto te gusta tener una familia.

—Ya, ya lo sé. ¡Pero de todas formas! Cómo te lo explicaría... Es como si fuera otra persona cuando estoy con... —vacila un instante si pronunciar su nombre, y luego sí que lo hace, en voz muy baja y llena de amor—, con Moritz. De algún modo, es como si fuera más yo misma.

El día ha perdido su inocencia. Rahel siente una losa que pesa sobre sus hombros. Siente cómo se hace más pequeña, cómo sus hombros caen hacia delante, cómo las comisuras de sus labios se curvan hacia abajo.

—Está bien —se rinde—. Pero no pienso mentirle a tu padre. No es buen momento para los secretos.

—Papá lo entenderá —replica Selma, segura de su victoria, le da un beso en la mejilla a Rahel, coge el móvil y sale corriendo. Rahel ve cómo vuela en dirección a la piedra del glaciar, por delante de Max y de los hombres. Tiene ganas de llorar.

Pone el temporizador de la cocina para no olvidarse del bizcocho. Sale al patio.

Peter está hablando por teléfono. Para cuando se hace la hora de comer, lo ha llamado toda la gente que le importa. Ruth ha sido muy breve, pero ha prometido volver a llamar mañana. Henni y Axel hasta le han cantado, y él los ha invitado a tomar una copa el fin de semana dentro de quince días. Rahel no es capaz de decirle que eso no podrá ser, porque les toca ocuparse de los nietos.

El resto del tiempo que tienen lo pasan bañándose en el lago, paseando y comiendo. De la tarta de Selma, que ha salido magnífica, no queda más que un trocito. Rahel lo envuelve en papel de aluminio y se lo mete a Simon en la bolsa sin decir nada a nadie. Poco después de las dos, los hermanos se ponen en camino. Max dormirá la siesta en el coche y Simon, aun pasando por Dresde para dejar a Selma, llegará a Múnich antes de medianoche. Es extraño, pero a Rahel no le da ninguna pena la despedida. Y eso que Simon y Selma no han estado más que día y medio. Intenta encontrar algún ápice de dolor, pero no hay nada.

A las cinco de la tarde, abre la botella de *crémant* que tenía bien escondida en la nevera y brinda con Peter por su cincuenta y cinco cumpleaños. Aproximadamente una hora más tarde, está tumbada en la cama junto a él, desnuda y exhausta. Esta vez ha sido Peter quien ha dado el primer paso, y ahora las yemas de sus dedos recorren suavemente la espalda de Rahel.

—Tengo que ir al baño —musita ella, pero no se mueve de donde está. Si se queda tumbada, con las piernas flexionadas, todavía aguantará un poco.

—Me ha gustado mucho estar con los chicos —dice—. Pero sin ellos también se está muy bien.

Sorprendida, Rahel gira la cabeza hacia él. Los dedos de Peter siguen moviéndose por su espalda, pero ahora más bien de forma mecánica, como una máquina que, una vez puesta en marcha, no se para hasta que no la desconectan. Entonces, de repente, retira la mano, se vuelve y se queda boca arriba.

—¿Sabes qué? —dice—. Si te echaras un amante, podría vivir con ello.

Rahel contiene la respiración, pero Peter sigue hablando tan relajado.

—No creo que haya nada que pueda separarnos a estas alturas. A partir de ahora, también podríamos seguir por caminos alejados de lo convencional sin perdernos el uno al otro. ¿No te parece?

Se gira hacia ella, pero Rahel no mueve ni un músculo.

—No —susurra—. No me parece.

Peter la rodea con el brazo, ella siente su aliento en la nuca.

—Solo quería decir que comprendo tus necesidades —dice, cauteloso, y cuando ella, todavía incapaz de moverse, le pregunta qué hay de las necesidades de él, lo siguiente es un largo silencio.

—Me alegro de que nos volvamos a acostar —dice finalmente—. Solo que creo que me sentiría igual de bien si no lo hiciéramos. Te quiero. De todas las maneras.

Las dos palabras mágicas no fallan. Poco a poco, Rahel deja de sentirse petrificada, y ahí le vuelven las ganas de ir al baño con tanta fuerza que se levanta de un salto y va corriendo.

Luego vuelve a tumbarse junto a Peter.

Peter se sienta en la cama y se pasa las manos por el pelo.

—Perdóname. Yo tampoco sé qué cable se me ha cruzado antes.

—No es buena idea —dice Rahel, y, tras un breve silencio, añade—: Creo que subestimas la dinámica que podría introducir en nuestra relación otro hombre. Créeme, no iba a funcionar.

Peter asiente.

—A veces, me vienen unas ideas a la cabeza...

—Sí —dice ella con un profundo suspiro—. A veces, el problema es precisamente esa cabeza tuya.

SEMANA 3

Lunes

El primer día de su última semana empieza con un dolor en el lado izquierdo que, como una corriente eléctrica, le baja desde la nalga hasta la parte baja del muslo. El nervio ciático ya la ha dejado fuera de combate en más de una ocasión. Desenrolla la colchoneta de yoga y hace los ejercicios que le enseñó el fisioterapeuta para casos como este. Un giro de la columna y algunos estiramientos específicos le proporcionan cierto alivio, pero, luego, cuando el chorro del agua caliente de la ducha le da en la corva, vuelve a dar un respingo.

Sacude la toalla para hacer caer a una araña y la observa en su huida —no es la primera vez que pasa—, y se pregunta si será siempre la misma araña. Luego se frota para secarse, se pone unos vaqueros y una túnica de colores y baja las escaleras con cuidado.

Eso de que su cuerpo, a medida que pasan los años, se comporte como una diva caprichosa ensombrece su perspectiva del futuro. Con todo, Rahel ya hace tiempo que tomó la firme decisión de no consentirles a sus huesos, vértebras, tendones, articulaciones, músculos y nervios que le roben el control de su vida. A veces incluso habla con el culpable del correspondiente mal, así que el destinatario de su discurso de hoy es el nervio ciático. Rahel le jura que, si la deja vivir en paz, le dedicará ejercicios diarios que garanticen su bienestar. De todas formas, después de desayunar se toma un analgésico, por si acaso.

Peter está sentado en el patio, rodeado de gatos y absorto en la lectura del libro del peregrino. Ha debido de ver a Rahel por el rabillo del ojo, porque se desplaza un poco hacia un lado, sin levantar la mirada, y da unos golpecitos con la mano libre en el sitio que queda libre en el banco.

—Aquí Viktor apuntó algo —dice.

—¿Ah, sí? ¿Y qué pone?

—«Ojalá pudiera creer».

—Eso me gustaría a mí también —replica Rahel suspirando—. Y ya sé lo que estarás pensando a ese respecto.

Cuando sus hijos aún eran pequeños, Rahel se planteó bautizarlos por un temor inexplicable que le entró.

—En ese club no estoy yo dispuesto a que entren mis hijos —determinó Peter categórico.

No era nada frecuente que respondiese a Rahel con un «no» rotundo, pero cuando lo hacía, no había nada que hacer. Sobre todo, porque ella tampoco tenía ningún argumento con que contrarrestarlo, excepto el hecho de que se habría sentido más tranquila teniendo a los niños bautizados.

Aquel «no» de Peter le supuso enfado y alivio a partes iguales. ¿Cómo hubiera podido transmitirles después religiosidad alguna en la vida cotidiana? Eran ateos de tercera generación.

Peter le da un empujón de broma.

—¿Qué? ¿Ya estás otra vez con el tema pío? —pregunta con guasa.

Rahel ríe y se encoge de hombros sin saber qué decir.

—La fe es una fuente de fuerza a la que no puedo recurrir.

—Pues busca otra —le responde Peter sin inmutarse.

El gato al que le falta una oreja viene, se le sube al regazo, da una vuelta y se enrosca.

—Ojalá fuera tan fácil...

De nuevo, siente un latigazo de dolor en la pierna. Dobla la pierna izquierda para colocar el pie sobre el muslo derecho y, con las dos manos, hace una ligera presión.

—¿El nervio ciático? —pregunta Peter preocupado.

—¿Cómo lo sabes?

—Porque eso es lo que haces siempre que te duele.

—Ya ves, me estoy haciendo vieja.

Haciendo caso omiso al comentario, Peter pregunta:

—¿Qué te parecería si nos acercásemos un día a Ahrenshoop a visitar a Viktor y Ruth?

—Ya lo había pensado yo también —dice ella, trasladando el peso a la nalga derecha para acabar por ponerse de pie—. Claro que así veo difícil pasarme horas sentada en el coche.

Camina un par de veces de un lado para otro, luego apoya la pierna en el banco.

Peter juguetea con la oreja única del gato, que ronronea. Le da toquecitos con la punta del dedo y se divierte observando el movimiento reflejo.

—En el caso de que Viktor se encontrase en condiciones, ¿hablarías con él? —pregunta y, tras un considerable silencio para reflexionar, añade—: Si resulta que de verdad es tu padre, algún día heredarías esta casa.

Rahel sigue en la postura de la pierna en alto que le calma el dolor.

—Eso también se me ha ocurrido a mí —reconoce.

Baja la pierna lentamente, se pone de rodillas, vuelve a estirarse y respira con alivio. O le está haciendo efecto la pastilla o le ha venido bien el estiramiento, en cualquier caso, no le queda más que un mínimo resto de dolor.

Peter la acompaña al lago, aunque él ya ha ido antes del desayuno a dar la vuelta completa nadando.

—¿De qué estuviste hablando ayer con Simon, por cierto? Ayer en el patio —pregunta Rahel de camino a donde suelen bañarse.

—Del estado de la nación —responde Peter con inequívoca ironía, aunque luego añade en tono serio que estuvieron hablando del prestigio que cabía esperar, o más bien no esperar, que alcanzaría Simon como militar profesional. De que había cambiado completamente el concepto que la gente tenía de la carrera militar. Y de si tenía claro el tipo de vida que le esperaba: traslados frecuentes, misiones en el extranjero, peligro real... por no olvidar el rechazo de cuantos piensan que los soldados son unos asesinos, que no son pocos.

—¿Y?

—Quiere ser militar de todas formas. «Alguien tiene que serlo», es lo que me dijo. «Para que todos los demás puedan seguir flotando en sus burbujas de colores». Y ahí tiene razón.

En realidad habían decidido no volver a decirle nada a Simon. «Cuando nadie está dispuesto a defender las condiciones necesarias para la libertad, se acaba la libertad», había dicho Simon una vez, y aunque Rahel está de acuerdo con él en eso, no puede evitar el disgusto que le supone ver a su propio hijo asumiendo esa responsabilidad.

Suspira y guarda silencio.

—¡Pero que lo haga por un estado como el que tenemos...! —exclama Peter—. Con todas esas prohibiciones, leyes y decretos que lo tienen todo cuadriculado hasta el último detalle y sin saber valorar lo que es la verdadera libertad...

—Peter —Rahel lo coge del brazo—. Déjalo.

Peter respira hondo, luego hace el gesto de asentir con la cabeza y se calla.

EL FUEGO

En su lugar habitual a la orilla se encuentran a una señora mayor con bañador deportivo recostada en un árbol, contemplando el lago. Se vuelve hacia ellos, les da los buenos días, recoge sus cosas y se marcha.

—No pretendemos echarla... —dice Peter, aunque ella hace un gesto de rechazo con la mano, asegurando que tenía que volver a casa de todos modos.

Mientras se atreve a dar unas brazadas con cuidado de no forzar el nervio, Rahel ya no piensa en Simon, sino en la vuelta de las vacaciones. Dentro de una semana nada más, a esta misma hora aproximadamente, estará en la consulta frente a Jannik B., un quejicoso joven de veinticinco años. Carece por completo de motivación interna. Una de cada dos frases las empieza con «Es que es mi derecho...». Una criatura que da lástima, con el grado de madurez de un niño pequeño.

Rahel necesitó muchas horas hasta averiguar qué era lo que se había torcido en su vida entre algodones. Un día, Jannik le contó el sistema de recompensas que habían empleado sus padres durante toda su infancia: por cada buena nota que sacaba le daban dinero, igual que por bajar la basura, sacar el lavavajillas o ir a la compra. Por cada tarea realizada de forma voluntaria lo colmaban de elogios y no recordaba ni una sola crítica que le hubieran hecho sus padres. Las recompensas fueron aumentando en proporción a la edad y así llegaron a unas dimensiones considerables. La imagen de sí mismo que se había formado chocaba de pleno con un mundo que no le brindaba atención ni admiración en la misma medida.

La siguiente sería Susanne L., una mujer de treinta y ocho años que acaba de tener su primer hijo. Ella quería un parto en casa, pero en el último momento había sido necesario acudir al hospital. Ahora, en lugar de sentir alegría ante un niño sanísimo al que una cesárea salvó de la falta de oxígeno, la atormenta la idea del trauma severo que le ha producido a ella una intervención tan agresiva. Porque lo que querían ella y su marido era muy distinto... un parto con bonita música de fondo y una experiencia consciente y, por supuesto, nada de personal sanitario. En la primera sesión, Rahel no pudo resistirse a soltarle a la señora L. que a ese mismo personal sanitario le tenía que agradecer que su hijo estuviera vivo. A pesar de todo, la mujer sigue cerrilmente instalada en el sufrimiento. Un trauma cuyo origen no es otro que la discrepancia entre el deseo y la realidad.

Luego, después de un descanso para un café, recibirá a Jannes F., que a sus treinta y un años sufre de psicosis causadas por el consumo excesivo de marihuana durante la adolescencia, que nunca ha trabajado de continuo más de unos pocos meses, pues su ocupación favorita es relajarse y cuyo único tema es siempre el subsidio mínimo vital garantizado. Si se lo concedieran, llevaría a cabo toda suerte de proyectos, y cuando Rahel le pregunte por qué no los emprende sin más, él responderá que porque tiene encima a los de la Oficina de Empleo todo el rato, y que bastante le cuesta ya a él librarse de todos los trabajos que le ofrecen. Y es que ninguno está a su altura, añadirá meneando la cabeza. Cómo va él a soportar eso psíquicamente.

En tiempos de abundancia, la gente sale floja, piensa Rahel, y ahí no se excluye a sí misma.

La paciencia con quienes acuden a su consulta ha disminuido de un modo preocupante. Está claro que necesita supervisión también ella; en cuanto vuelvan, pedirá cita.

Rahel mete la cabeza en el agua, se entrega a la ausencia de gravedad y deja que sus pensamientos se esfumen. Ya no piensa en el trabajo, también se ha desvanecido el dolor, el instante es perfecto. Vuelve a salir a la superficie, mira hacia la orilla, donde ve a Peter de pie con el agua por los tobillos y el pantalón arremangado y desea conservar ese instante en la memoria para siempre.

* * *

Hacia media tarde recibe la llamada de Ruth. Viktor está claramente mejor, le cuenta animada... todo un salto hacia la recuperación. No se explica cómo, pero esa mañana, por primera vez desde el infarto, ha vuelto a mencionar el futuro, lo cual sin duda es señal de que empieza a encararlo con buen ánimo. Sigue sin recuperar la motricidad fina; es impensable, pues, que vuelva a realizar ningún trabajo artístico, pero con el lenguaje ha mejorado mucho, ahora dan paseos más largos y su apetito aumenta de día en día. También parece que vuelve a salirle su carácter de siempre. A un cuidador que se ha dirigido a él como a un niño pequeño esa mañana le ha contestado, con un bufido, que será viejo, pero no tonto. Y al mediodía ha contado un chiste.

—Ay, Ruth —dice Rahel—, no sabes lo que me alegro.

A Peter, que se ha quedado al pie de la escalera con los brazos cruzados, le hace el gesto del pulgar en alto, sonriendo. Luego, al auricular, pregunta:

—¿Qué te parece si os hacemos una visita? El jueves, por ejemplo.

Ruth calla un momento.

—¿Una visita? —repite al final—. Bueno, ¿por qué no? Pero primero tengo que preguntárselo a Viktor. A lo mejor es demasiado para él.

En la vida ha sido posible quedar en algo con alguno de ellos por separado. Siempre había que contar con «Se lo tengo que preguntar antes a Viktor» o «Espera que se lo pregunte a Ruth». ¿Cuántas decisiones ha tomado Rahel sin preguntar a Peter? ¿Cuántas veces se ha enterado Peter la misma tarde que esa noche venía gente a cenar? ¿Cuántas veces ha elegido ella el lugar donde ir de vacaciones, ha comprado muebles o ha encargado algún arreglo en la casa?

Después de despedirse Ruth, Rahel se acerca unos pasos a Peter.

—¿Alguna vez has tenido la sensación de que soy demasiado dominante?

Peter se echa a reír en alto:

—Digamos que tus decisiones siempre han sido más bien decretos.

—¡Pero tú nunca me has dicho nada! —murmura, y surge en ella cierta tensión.

—Bueno... claro que te lo he dicho —replica Peter—, pero se ve que «¡Sí, mi capitán!» o «¡Sí, señora!» o «¡A la orden!» no eran mensajes claros.

Y, mientras todavía lo está diciendo, la tensión de Rahel se convierte en una rabia tremenda. De repente, la actitud entera de Peter se le antoja despreciativa. Ese aire de superioridad manifiesta, esos comentarios sutiles tan arrogantes... ¿Pero quién se ha creído que es?

—¿Qué pasa? —pregunta Peter, y la neutralidad del tono la termina de sacar de quicio.

—¿Qué me va a pasar? —le ladra—. ¡Más allá de que la culpa es mía! Como yo no he tenido en cuenta tus señales envueltas en ironía, a ti te ha tocado sufrir...

—Yo no he dicho nada de sufrir. ¡Si eres tú la que ha sacado el tema! —Peter la mira sin entender lo que pasa—. No es

nada fácil hacerte una crítica. Puedes resultar no poco intimi-
dante. No sé si lo tienes claro.

Eso no tendría que haberlo dicho. Como si ahora hubiese
abierto todos los diques, a Peter le cae una auténtica catarata
de rabia contenida. Por todos los días en los que ha excluido él
a Rahel de su vida, por todas las horas de autosuficiencia que
tanto le han dolido y por el sexo modoso que nunca ha conseguido saciar su sed. A estas alturas, la voluntad ya no sirve para enderezar nada. Porque Rahel no deseaba algo así en modo
alguno. Ni siquiera lo sabía. En tanto que las palabras brotan
de su interior como un torrente, se asusta de su virulencia, y
cuando por fin lo ha dicho todo, se queda totalmente agotada
frente a Peter.

—Por Dios, perdóname, por favor, perdóname.

Peter, sin embargo, en lugar de estar furioso, dice comprensivo:

—En algún momento llega la gota que colma el vaso, ¿verdad? En algún momento pasa, así sin más. Lo entiendo.

—¡No! —grita ella—. ¡Lo que pasa es que no lo entiendes!
¡Porque a ti no se te colma el vaso nunca!

—Te equivocas, Rahel —replica Peter con dureza—. No
tienes ni la menor idea de lo que pasa aquí... —y se da unos
toquecitos con el dedo en la cabeza— aquí dentro.

Y, a continuación, se va.

Sin decir palabra, Peter en estado puro.

Más tarde, Rahel se queda de pie al otro lado de la puerta del
cuarto de Peter con la esperanza de que él perciba su presencia. ¿La habrá oído acercarse? La tarima del pasillo cruje a cada
paso, solo por cambiar el peso de un pie a otro se produce
un ruido. Rahel aguza el oído y recuerda una cosa que le dijo
Peter esa primavera. Por culpa del virus, las personas habían

empezado a dar rodeos para no coincidir. Ella era una de esas personas ante las que uno cede el paso, mientras que él era de las que se apartan para dejar pasar. Cuando iban de excursión por la montaña, por algún sendero estrecho, Rahel siempre se mantenía en el sendero, mientras los que venían de la otra dirección se pegaban a la roca o trepaban por la ladera para hacerle sitio.

—Tú encajas en el mundo —había dicho Peter—, estás en el mundo como dándolo por hecho, como lo más natural, y en cambio yo... —y no había terminado la frase.

En su momento, Rahel no le había dado más vueltas, pero ahora regresan a su mente aquellas palabras como la llave de esa puerta tras la cual se adivina todo lo que alberga el interior de Peter.

¡Qué silencio reina al otro lado de la puerta!

Rahel pone la mano sobre el picaporte, duda, la retira y se vuelve a su habitación con paso firme.

Martes

La mano que Rahel siente sobre el hombro está fría, y el olor a café recién hecho se le mete en la nariz.

—No te asustes —susurra Peter.

—¿Qué hora es? —murmura ella.

—Pasa un poco de las siete.

Peter retira la mano y carraspea.

—Ayer estuviste junto a mi habitación —dice—. Te oí. Quería levantarme, abrir la puerta y hablar contigo. De verdad que quería. Pero no podía. Estaba como paralizado, todo en mí estaba paralizado.

Rahel se sienta en la cama, se saca la férula de la boca y alarga la mano hacia la taza de café que le ofrece Peter.

—A veces siento una soledad tan grande... —Peter levanta los brazos, sus manos tratan de agarrar el aire y luego vuelve a dejarlas caer—. Cada vez que intento contártelo, me fallan las palabras. O encuentro las palabras, pero no soy capaz de pronunciarlas.

Guarda silencio unos instantes, se asoma por la ventana.

—Son muy raras las veces en que siento que de verdad me entiendes, Rahel. Igual es que ya has agotado toda la paciencia con tus pacientes —deja escapar una risa llena de amargura—. Tendrías que haberte casado con un optimista. Con un macho alfa alegre.

Rahel odia que diga cosas así. Después de casi treinta años de vida en común, no quiere oírle decir que su vida ha sido un error.

—Déjalo, Peter —le suelta con brusquedad, aunque luego añade en un tono más suave—: No pretendo que te conviertas en quien no eres.

Peter le dedica una sonrisa cansada, y, durante una fracción de segundo, como en una imagen a cámara rápida, Rahel atisba en su rostro el anciano que será en su día.

—Te quiero, Peter —le dice—, y quiero que salgamos adelante juntos.

Apoya la cabeza en su espalda, lo abraza y lo aprieta contra ella. Luego se levanta, va al baño y, cuando vuelve, Peter está metido en su cama.

Tiene los ojos cerrados, respira acompasadamente.

—No estoy durmiendo —murmura.

Rahel le da un beso en la frente y sale sin hacer ruido.

Mientras mordisquea una tostada sin muchas ganas, hace la lista de la compra.

La mera idea ya le resulta agotadora. Cuanto menos hace, más parece debilitarse. Por primera vez desde el comienzo de las vacaciones, echa de menos el intenso ritmo del día a día, la grata sensación de haber solucionado cientos de cosas y, por la noche, estar cansada con buen motivo. Una vida sin obligaciones le resulta muy poco estimulante.

Dobla el papel, se asoma al patio y, ahí, la asalta un recuerdo.

Tendría unos ocho años. Edith, Tamara y ella habían ido a Dorotheenfelde a pasar el fin de año y había caído una tormenta de nieve tremenda. Estuvo nevando durante días. Los remolinos de nieve de un metro de altura que flotaban alrededor de la casa y el patio las tenían aisladas del mundo exterior.

Viktor y otro hombre —por aquel entonces aún vivía en la casa una familia más— se encargaban de limpiar la entrada con una pala, y no tardó en formarse una montaña de nieve en medio del patio. Hacía un frío espantoso, y ni Rahel ni Tamara iban preparadas para un invierno así. A Tamara la sentaron con sus juguetes encima de una pelliza frente al horno de la cocina, pero Rahel tenía muchas ganas de salir. Con ayuda de los dos hombres, se abrió un pasillo a través de aquella montaña de nieve y, al llegar al centro, lo ampliaron a modo de cueva. Los guantes de lana de la niña no tardaron en quedarse rígidos y congelados, el viento silbaba a través del punto flojo del gorro y le dolían las orejas del frío. A pesar de todo, en algún momento se encontró en el interior de aquel iglú del patio, en silencio absoluto. Un silencio como el que solo la nieve trae consigo. También había cedido la tormenta, y cuando Rahel salió reptando por el otro lado, flotaban en el aire algunos copos sueltos, como chispas plateadas a la luz del sol. Cegada por el resplandor y la belleza y el silencio invernal, se quedó allí sentada un rato largo. Hasta que alguien (¿Viktor?) la agarró y la metió en casa, en la cocina, donde la desvistieron y le metieron los pies helados en agua caliente, hasta que le empezaron a hormiguear y a doler, y alguien (¿Ruth?) le peló una naranja y le fue metiendo trocitos en la boca con un tenedor. Ella lloraba de dolor al tiempo que se comía la naranja dulce, y los mayores discutían sobre quién se había olvidado a la niña en medio de la nieve. Edith acabó llorando y salió corriendo de la cocina. Lo que hacía siempre cuando la situación la superaba. Jamás llegaba al final de una conversación difícil; antes o después gritaba: «¡Ya basta! ¡La culpa es mía! ¿De quién si no?».

Los recuerdos vienen como quieren. Hoy, cuarenta años más tarde, en un día de verano, a Rahel le parece estar viendo las lágrimas de su madre. Tiene en la boca el sabor de la naranja y la sensación de los pies medio congelados. La pena por no haber reconocido a su padre en Viktor en aquel momento le hace un nudo en la garganta, y si aún le quedaba alguna duda si seguir investigando al respecto, acaba de disiparse.

Coge dos bolsas de la compra vacías, se dirige al coche y se siente como a escasos metros de una meta. Pronto estará frente a Viktor. Entonces lo sabrá. Incluso aunque él no quiera darle una respuesta, Rahel lo verá en sus ojos.

Nada más pasar la piedra del glaciar le suena el teléfono. Para el coche.

—Hola —dice Selma casi cariñosa—. Solo quería preguntarte si al final puede ser lo del fin de semana que viene.

Rahel pone los ojos en blanco. De ahí tanta amabilidad.

—Todavía no he hablado con tu padre.

—¿Y por qué no?

—Porque no se ha dado el momento oportuno. Aquí también hemos tenido nuestros temas pendientes —responde.

Se oye un estrépito tremendo a través del teléfono de Selma.

—Max se acaba de estampar contra el armario con el triciclo —explica con una calma pasmosa.

—¿Y Theo qué está haciendo?

—Buena pregunta —Rahel oye cómo Selma llama al niño, a continuación se hace el silencio unos segundos.

—¿Mamá? ¿Sigues ahí?

—Sí, hija, sí —contesta Rahel, impaciente.

—Theo se ha cortado el pelo. Tengo que colgar. Pero avísame cuando hables con papá, ¿vale?

Lentamente, Rahel recorre la carretera que baja hasta el pueblo. Le está empezando a molestar una muela de arriba, del lado izquierdo. Ya hace días que la nota. No llega a ser dolor, solo nota que tiene muela. Pero eso es un aviso. Antes o después le empezará a doler. En el pueblo está hoy el camión del panadero. Delante de lo que en tiempos era la cooperativa donde lo compraban todo. De niña, siempre subía los tres escalones de entrada de aquella tienda con un suave cosquilleo en el estómago. Le parecía que había un surtido mucho mayor que en casa, en Dresde. Es muy probable que se equivocara. Sin duda, era una impresión debida a que Viktor le compraba todo lo que quería. Aparca y se pone al final de la cola. Las ancianas del lugar cotorrean en el habla típica de la región. Despotrican de la canciller federal y de la sequía, se quitan las mascarillas y comentan que antes no iban las cosas mejor, pero no eran la locura de ahora. Rahel las escucha divertida. La espera incluso se le hace corta.

Mientras continúa en el coche hacia el centro, se lleva la lengua a la muela una y otra vez, se aprieta, como para consolarla y tranquilizarla; es como si la muela se hubiera despertado y reclamase su atención. Pensar en el infierno que eran las noches de dolor de muelas de otros tiempos le da escalofríos. Sin querer, acelera.

En el supermercado, llena el coche hasta los topes con intención de estar bien surtidos durante los restantes días de vacaciones y dejar una considerable reserva de víveres a sus sucesores.

Solo quedan cuatro días.

En la cola de la caja hay una mujer joven hablando por el móvil. En voz alta, habla alegremente de su depresión. A juzgar por la fachada, más bien se diría de ella lo contrario —maquillaje completo, labios pintados, rímel, pelo de peluquería, todo impecable—, pero no en vano han cambiado los criterios de diagnóstico. El catálogo IDC-10, como se denomina la herramienta internacional de diagnóstico de enfermedades psiquiátricas, se ha ido perfeccionando con el paso de los años. Mientras que, cuando Rahel comenzó su actividad profesional, unas semanas de abatimiento se veían como algo de lo más normal, un bache pasajero, ahora se categorizan como trastornos afectivos con índices F32.0, F32.1 y F32.2, a saber: estadios de la depresión en grados leve, moderado y grave. Quien padezca síntomas que se prolonguen durante más de dos semanas puede considerarse enfermo.

A veces se pregunta si la psicología en su totalidad no será un error tremendo, una forma de evaluar los estados de ánimo normales que tan solo obedece al pensamiento moderno. Una sobreinterpretación constante. Por lo visto, la cuarta parte de los niños presenta algún tipo de alteración psíquica. De ser cierto eso, van todos en picado hacia una catástrofe social.

Es muy raro que Rahel verbalice esas cosas en voz alta. No por miedo al rechazo con que pudiera toparse, sino porque, cuanto más a menudo las dice, más realidad adquieren. También frente a Peter evita el tema. Siempre tiene miedo de que él pueda darle la razón, cosa que no haría sino reforzar sus dudas. Porque, a pesar de todo, adora su profesión, y sabe por muchos de sus pacientes que muchas veces sí que puede ofrecerles una ayuda de verdad.

Cuando ya le han pasado por el escáner toda la compra, Rahel suelta dos billetes de doscientos euros que no le hacen ninguna gracia a la cajera, quien a pesar de todo se despide deseándole buen día. En un carrito de helados que hay en el aparcamiento, se compra un cucurucho de vainilla y chocolate y se sienta a comérselo en el asiento del copiloto, con la puerta abierta.

La muela no reacciona al frío.

* * *

En un paseo por los campos que dan más tarde, Peter la coge de la mano. Baila va trotando detrás de ellos, pero se mantiene cerrilmente en el lado de Peter.

Las suaves colinas de la Uckermark se dibujan en el horizonte como grandes arcos. Los cereales de los campos están maduros, el cielo se ve inmenso. Por encima de sus cabezas vuela un milano real, el que Rahel había creído que era un gavilán. Peter le tiende los prismáticos.

—Pues bueno —reconoce Rahel cuando el ave traza una curva y le ve la cola rojiza y con marcada forma de horquilla.

—Con la de cosas a las que me podría dedicar... A la ornitología, por ejemplo —comenta Peter animado—. Cualquier cosa me apetece más que lo que me espera en la facultad.

—A lo mejor tienes suerte y sale en tu ayuda el virus.

Una sonrisa de pícaro ilumina el rostro de Peter.

Luego Rahel le habla de las ancianas de la cola del camión panadería y de su sentencia de que antes las cosas no iban mejor, pero no eran la locura de ahora. Sabe que le va a gustar oír eso. Al momento, Peter lo traduce a su propio idioma.

—Ya no hay hechos, solo constructos. Eso vuelve loca a la gente. Se dan cuenta de que en realidad no es así, pero es lo que les dicen todo el tiempo. Tanto y tantas veces que en algún momento dejan de fiarse de lo que sienten.

Rahel sonríe.

—Esas ancianas aún se fían de lo que sienten —observa.

—Pero a esas ancianas no les queda mucho de vida —replica él.

* * *

Ya se ha hecho de noche cuando llama Ruth. Suena un poco achispada y reconoce haberse bebido dos botellas de vino con la amiga en cuya casa está viviendo. Está fenomenal. Ha pasado un día maravilloso en la playa con Viktor, en una de esas casetas de mimbre típicas del Báltico, de picnic.

—Imagínate —cuenta muy contenta—, hasta quería bañarse.

Le ha costado retenerlo. Al comentarle lo de la visita, la ha mirado como un ciervo asustado, prosigue riendo y añade:

—Vosotros venid, faltaría más. A ser posible, el jueves.

Peter todavía está sentado en el escritorio.

Visto de espaldas, con la débil luz de la lamparita, de pronto parece un anciano.

—Ha llamado Ruth —dice Rahel en voz baja—. Que podemos subir a verlos el jueves.

—Está bien.

Se vuelve hacia ella, se quita las gafas y vuelve a ser joven.

—Anda, acércate —dice.

La atrae para sentar sobre sus rodillas su cuerpo menudo y ligero, le rodea la cintura con el brazo, hunde la cabeza en su pecho y emite un ruidillo de gusto, como un niño satisfecho. Al instante, Rachel se pone rígida. A los hombres sentimentales no los soporta. Que sean sensibles, tiernos... vale. ¿Pero eso? ¡Que no es su madre, por favor!

Rahel se zafa del abrazo. Con la excusa de que tiene que ir al baño, sale huyendo de la habitación.

Más tarde vuelve. Peter ya está en la cama; su mirada distanciada le transmite que ha entendido el mensaje.

—Lo siento —miente ella—. Estoy tensa. Es por la muela.

Se señala la mejilla izquierda y hace una mueca de dolor. Luego se tumba junto a Peter, se hace un ovillo y se hunde en su abrazo.

La de cosas que Peter no sabe de ella:
Que a veces canta con la música a tope y baila por la casa.
Que tiene fantasías. Inconfesables.
Que reza en secreto.
Que tiene miedo de perderlo.
Que teme estar ganándose a pulso esa pérdida.
Que nunca pondría la mano en el fuego por ella misma.
Que su conciencia estaría más tranquila si supiera que a él le pasa lo mismo.
Que no podría soportar que a él le pasara lo mismo.
—Abrázame fuerte —dice.
Y él lo hace y le da un beso en el pelo, y al interior de Rahel vuelve la calma.

Miércoles

Poco antes de las tres de la madrugada, Rahel corre al baño, mareada y bañada en sudor. Luego pasa una hora larga temblando en la cama, esperando que le haga efecto la pastilla para el dolor. Luego cae en un sopor del que despierta sobresaltada cada media hora, se arrastra de nuevo al baño hacia las seis y media y, más tarde, entra sigilosamente en el cuarto de Peter para decirle que coge el coche para ir al dentista.

La tensión del cuerpo de la doctora revela que es una gran deportista. Cada movimiento es perfecto. Enseguida, Rahel se relaja un poco y se pone en manos de esa mujer que parece de fiar.

La dentista echa un espray de frío en un pedacito de algodón y lo aprieta contra la muela de Rahel.

Nada.

—Prueba de vitalidad negativa —dice la doctora a la enfermera.

Le hacen una radiografía y Rahel tiene que esperar en la sala.

De vuelta al sillón, la noticia no es ninguna sorpresa: tiene infectada la raíz. Ahora bien, la infección es difícil de tratar, porque la muela tiene tres raíces largas y muy retorcidas. Las posibilidades de acabar del todo con el problema son muy escasas.

Al cabo de una hora larga, tras haber rellenado y firmado todos los impresos habidos y por haber, asegurando que no cogería el coche después de la intervención, Rahel abandona la consulta con una gruesa pella de algodón empapada de sangre en la boca. Sigue mordiéndola un buen rato, luego la escupe en un pañuelo, sube al coche y arranca.

Peter la está esperando con cara de preocupación. Le trae un acumulador de frío envuelto en un paño de cocina limpio, se sienta a su lado en la cama y le acaricia el brazo.

—Ya pasó —farfulla Rahel—. Por la tarde estaré mejor.

El gesto de Peter, sin embargo, sigue serio.

—Tengo malas noticias —dice—. Mientras estabas fuera, ha sonado el teléfono varias veces. Al principio no lo he cogido, porque pensé que no sería para nosotros, pero luego... —se detiene un instante—. Viktor ha desaparecido.

—¿Qué?

—Parece ser que salió de la clínica muy temprano, antes del cambio de turno de los cuidadores de la mañana. Por el momento, no hay ni rastro de él.

Sin fuerzas, Rahel coge su teléfono; lo había puesto en silencio al entrar en el dentista. Tres llamadas perdidas de Ruth.

—Ruth se teme lo peor —prosigue Peter—. Viktor no le ha dejado ninguna carta de despedida ni nada, pero es que tampoco puede escribir. Han dado aviso a la policía y a la guardia costera. Como se haya metido en el agua, no cabe esperar nada bueno. Desde ayer hay marejada y fuertes corrientes. Incluso un buen nadador...

—Eso no —musita Rahel—. Eso sí que no.

Mira a Peter.

—No podemos hacer nada —dice él.

Rahel se siente como sepultada en agua. Un murmullo retumba en sus oídos. El mar, piensa, así es como suena el mar. Pero, luego, el murmullo se convierte en fragor, y se adueña de ella un mareo muy fuerte. Peter llega a tiempo con un cubo. Rahel arroja una bocanada de vómito y vuelve a caer en la cama exhausta. Peter le acerca un paño húmedo para limpiarse y se lleva el cubo.

La mejilla izquierda de Rahel sigue bajo el efecto de la anestesia, la sensación de acorchamiento le llega hasta debajo del ojo. Sin embargo, poco a poco despierta el dolor de la herida y se funde con ese otro dolor que ninguna pastilla podría mitigar.

Sobre la mesilla de noche está el elfo con el ala rota. Rahel alarga la mano para cogerlo, le acaricia la parte rota y reza en silencio.

Pasa las horas siguientes intentando, a la desesperada, alimentar las esperanzas. Tiene al lado el teléfono, y cuando entra un mensaje de Selma en el que pregunta una vez más si al final puede ser lo del fin de semana que viene, no le contesta.

Le viene a la memoria la imagen de Viktor, sentado a la orilla del lago un día de otoño y tallando madera. Sus manos se mueven con diestra suavidad y tararea una canción.

¿Qué canción es?

Rahel cierra los ojos, invoca a su memoria, pero la melodía se desvanece y luego se desdibuja también la figura de Viktor para dar paso a otra.

Edith, después de reproducirse el cáncer. Edith en su ruidoso sufrimiento.

Fuma y tose y corre de un lado a otro por su pequeño piso, como un animal enjaulado. Su rabiosa protesta contra el destino empieza por su madre, Anna. Luego le toca el turno a su padre por haber sido un mártir mudo. Luego, a los hombres como especie, al capitalismo, a los aprovechados del oeste y, por último, a Viktor. ¿Qué fue exactamente lo que dijo de él?

Más adelante, en la fase terminal, que llevó con gran valentía, ya no le daban esos arrebatos. La última prueba la superó como una campeona. También vino una última vez Viktor, pero estuvo muy poco tiempo. De si hablaron a solas o si también estuvo presente Ruth, Rahel ya no se acuerda.

Son demasiadas las cosas que no sabe.

De haber podido pasar más tiempo con Viktor, se lo habría preguntado.

Toma conciencia, con horror, de que ya está dando su muerte por hecha, y cuando suena el teléfono no espera sino que sea la confirmación.

Es Frauke. Que no hay noticias, que la búsqueda continúa y que Ruth se ha echado un rato.

A primera hora de la tarde, Rahel hace acopio de fuerzas y se asea. La cara no se le ha hinchado apenas. Su aspecto es mejor del que esperaba para cómo se siente.

En prevención, se toma un analgésico, baja la escalera y encuentra a Peter en el patio.

—¿Has sabido algo más? —pregunta.

Rahel levanta los brazos con gesto de consternación.

—Siguen buscándolo.

—Ha llamado Selma —dice Peter—. Pregunta si nos podemos quedar con los niños el fin de semana que viene. ¿Tú lo sabías?

Incapaz de explicarle a Peter el contexto entero de la situación, Rahel se limita a responder con un suspiro.

Peter la rodea con el brazo y la atrae cariñosamente hacia él.

—Podremos con todo esto —susurra.

Este es el hombre al que ama Rahel. El que no le pide palabras cuando ella no las tiene. El que acierta con lo adecuado en el momento preciso. Rahel cierra los ojos, se abandona entre los brazos de Peter y trata de convencerse de que Viktor tan solo está dando un largo paseo.

La noticia llega mientras están cenando.

Es la propia Ruth quien llama. La voz no le tiembla en absoluto mientras resume muy escuetamente lo que ha pasado. La guardia costera ha encontrado a Viktor unas horas antes. Su cuerpo había sido arrastrado bastante lejos por la corriente, al parecer fue capaz de adentrarse bastante nadando... antes de ahogarse. Nadie se lo explica.

Ruth ya ha identificado el cadáver y está de vuelta donde Frauke. Tiene que arreglar unas cuantas cosas, pero lo más probable es que vaya para su casa el sábado.

A la pregunta de Rahel si le sería de ayuda que Peter y ella acudiesen a Ahrenshoop responde, seca y decidida, que no. Ya con más dulzura añade:

—Como más me ayudáis es manteniendo todo en orden en Dorotheenfelde.

—Por supuesto —promete Rahel.

Y luego no dice nada más, porque cualquier palabra desembocaría en un sollozo.

—Adiós, querida —dice Ruth. Y cuelga.

Peter se queda con ella esa noche.

Sin fuerzas, acostada junto a él, Rahel escucha a Peter. Él

admira lo que ha hecho Viktor. Qué determinación tan tremenda la que lo ha empujado a algo así. Qué valor ha demostrado al adentrarse así en el agua oscura. Rahel piensa: qué cobardía infinita la de no decirle a un hijo que es hijo tuyo. Pero también puede ser que eso no sea cierto en absoluto, que igual es su propio anhelo el que le nubla el pensamiento a ella. Fuera su padre o no, la pérdida es un duro golpe. Pronto no les quedará nadie de la generación anterior. Los padres de Peter ya no viven, Edith murió hace once años, y ahora Viktor. Cuando falte Ruth, los mayores serán Peter y ella; no tiene sentido lamentarse por eso. En algún momento, a todo el mundo le llega su hora.

Jueves

Un poco sí ha dormido. Donde ayer aún tenía la muela siente ahora el hilo de los puntos, pero ha dejado de sangrar y de dolerle.

Peter ya se ha levantado, Rahel lo ha sentido sin abrir los ojos, solo por la fresca corriente de aire en los brazos y la nuca. Una mirada por la ventana le basta para adivinar que todavía es temprano. Con esa luz débil y sin sombras, se sienta en la cama y piensa en Ruth. ¿Cómo se las va arreglar con todo en el futuro? Todavía tiene buena salud y está en buena forma, pero la casa, los animales y lo enorme que es el terreno son demasiado para una persona sola. No le va a quedar más remedio que vender.

«Ha llegado el momento», piensa Rahel. Pero ahora también son mayores las pérdidas que las ganancias. Contrariada, menea la cabeza, se levanta, va hasta el baño con paso vacilante y se enjuaga la boca con agua. Luego se viste y baja a la cocina.

Después de desayunar, informa a sus hijos. Simon le coge el teléfono a la segunda señal de llamada. Dice lo que se dice siempre que suceden cosas como esta, y Rahel sabe que la muerte de Viktor no alterará en nada el transcurso de su día.

Con Selma habla más rato. Ella sí le dice cosas amables e inteligentes de Viktor, sobre todo de su trabajo. Y luego llora, y el llanto de su hija hace bien a Rahel. En el duelo, de pronto la siente muy cercana.

Hace años, le dijo a Selma una vez: «Ojalá te salga una hija como la que eres tú». Era un deseo para mal. Una maldición rabiosa. Si hoy repitiera esas palabras, lo haría con un sentido muy distinto.

Antes de colgar, después de un silencio de varios segundos, Rahel le dice a su hija que la quiere.

El agotamiento la invade hasta las yemas de los dedos. Apoya la cara en las manos, espera a Peter, espera a sentirse mejor, pero lo único que llega son más lágrimas y una sensación de impotencia que no es capaz de vencer. Además de llorar por la muerte de Viktor, llora por todas las palabras con que ha herido a Selma.

¿Qué hacer con ese día?

Cuando entra Peter y le pregunta si puede hacer algo por ella, responde que no con la cabeza.

Luego, ya casi en la puerta otra vez, Peter dice:

—Yo casi me alegro de haberlo pasado ya.

—¿A qué te refieres?

—A la muerte de mis padres.

Rahel asiente con la cabeza y se enjuga las lágrimas.

La madre de Peter, tras años de dependencia de los somníferos y antidepresivos, había enfermado de demencia bastante joven y fallecido a los setenta en una residencia. El padre había muerto unos años antes. Con importante sobrepeso, no sobrevivió a un infarto justo después de jubilarse.

Los padres y el hijo tenían muy poca relación. Peter se había distanciado de ellos a través del estudio. Ellos se sentían, sobre todo, orgullosos, pero lo cierto es que tampoco tenían nada que ver con su hijo. Nunca se referían a él sino como «el catedrático».

Su tema vital era la patria que habían perdido. Prusia Oriental en el caso del padre, la Baja Silesia para la madre. Por otra parte, con la de veces que Peter les ofreció acompañarlos a visitar aquellos lugares de su infancia, siempre se negaron; luego, habiendo muerto ellos ya, Peter preparó el viaje a conciencia y se marchó él solo en busca de sus raíces, las suyas propias y las de ellos.

¿Qué tendría que investigar Rahel? Ni siquiera sabe si llorar a Viktor como amiga o si le corresponde hacerlo como hija biológica.

Por parte de Edith, su madre —Anna— era la única superviviente de toda la familia. La madre y los hermanos de Anna habían perdido la vida en los bombardeos de Dresde, el padre murió prisionero de los rusos. Aparte de su vida desnuda, Anna no salvó nada. Todo cuanto hubiera podido dar testimonio de la existencia de su familia, ardió en aquella noche del ataque aéreo. Luego se casó con el primero de los pocos hombres que quedaron para elegir, tuvo una hija y se hizo profesora.

De haber quedado algo del elemento burgués de aquella familia arrasada por completo, en el mejor de los casos sería la actitud de seguridad en sí misma que Anna mostraba a veces, que —según decían— también había tenido Edith y que Peter, en ocasiones, quiere percibir en Rahel.

Ninguno de los dos ahondó lo suficiente en las raíces. No preguntaron lo suficiente cuando aún estaban a tiempo de preguntar. Estaban demasiado ocupados con el cambio de sistema, con la formación complementaria que obligaron a realizar a todos los profesionales de la RDA para seguir trabajando después de la unificación, con ganar dinero, con criar a los hijos, con viajar y «occidentalizarse», con adaptarse. Y, más allá, con pararse a pensar, poner en duda y renegar y recuperar el pensamiento que había sido el suyo desde siempre, la propia experiencia. Y para cuando tuvieron bien pulidas y asentadas sus identidades y habrían estado preparados para formular las preguntas esenciales a las personas más cercanas, los que debían responderlas habían muerto. Con la entrada del nuevo milenio, murieron uno tras otro a pesar de sus diferencias de edad. Edith tan solo vivió un ridículo año más que su propia madre.

Aprovechando el primer soplo de fuerzas, Rahel corre al taller de Viktor. Va directa hacia el armario de la obra gráfica, abre el cajón donde están los dibujos de Edith y saca todo el contenido. Abre otros cajones. Ansiosa, va cogiendo todo lo que le parece guardar alguna vinculación con su vida. Va apilando hojas hasta formar un montón: dibujos, grabados, bocetos, y encima de todo, el libro del peregrino.

Su mirada recorre el taller entero una vez más.

¿No tiene los rasgos de su madre la escultura en madera? ¿Y la niña de ahí atrás, ese busto en madera de raíz? ¿No es su propia cara?

Ahora alcanzan a verlo todo los ojos de Rahel. Como si hasta ese momento no hubieran sabido ver.

Siente ganas de romper cosas. A lo salvaje, desahogarse pintarrajeando los delicados dibujos con un grueso rotulador rojo y haciendo profundos arañazos en las esculturas de madera.

De no ser porque ha llegado Peter, se habría vengado de Viktor.

Peter la saca al patio.

La manera en que la mira y se pone a hablar con ella la indigna. Ni que fuera una niña confusa.

—Estoy bien —lo rechaza—. No hace falta que te preocupes por mí.

Poco convencido, él se queda a su lado, muy cerca.

—Solo estoy furiosa —dice Rahel resoplando—, ¿cómo ha sido capaz de tomar la vía fácil así?

—Yo no creo que haya sido nada fácil para él.

Peter suspira y se masajea las manos.

—En cualquier caso, Rahel, lo que no puedes hacer es pagarlo con sus obras.

Algunas lágrimas ruedan por las mejillas de Rahel. Se las limpia, respira hondo y piensa en el dolor de cabeza que se le levantará como empiece a llorar sin contención.

—Como si eso no lo supiera yo también —replica en tono rebelde.

Peter le ofrece un pañuelo. Ella se suena la nariz y dice:

—Los dibujos de mi madre y míos me los llevo.

Peter le coge la mano y empieza a acariciarla.

—No —le suelta Rahel como un ladrido, aunque al instante se disculpa.

—No pasa nada.

Algo maligno se revuelve en su interior. Tiene ganas de soltarle alguna barbaridad por ser tan sensato, pero sin la serenidad de Peter y sin su mirada bondadosa ahora mismo estaría perdida.

Luego se van cada uno por su lado: Peter entra de nuevo en la casa, Rahel en el taller. Se lleva el montón de dibujos y coge también el libro, el tabaco y el cigarrillo que tiene liado desde el primer día y sube a su cuarto con todo.

Ha refrescado un poco cuando, esa tarde, va al pueblo con Peter. Lleva una rebeca fina y se alegra de ir de copiloto esta vez y no tener que tomar decisiones.

En la pescadería, Peter se abastece de restos para la cigüeña, trucha ahumada para Rahel y anguila para él. Ella se queda esperando en el coche, con la cabeza apoyada en el cristal. «¿Os habéis enterado ya? Viktor ha muerto», piensa.

Cuántas veces habrá bajado él hasta allí en su bicicleta, quedándose un ratito de charla, preguntando por el estado de la pesca en los lagos de los alrededores y despotricando de los ecologistas berlineses instalados en la zona. Viktor podía ser muy simpático cuando le apetecía. Y hablaba con todo el mundo. No hacía diferencias entre los de arriba y los de abajo, con dinero o sin dinero, con estudios o sin ellos. Le traía todo muy al fresco. Viktor ha muerto.

Podía ser grosero, si la ocasión lo pedía. Pelos en la lengua no había tenido nunca. Tenía clarísima su concepción del arte, a veces resultaba demoledor en sus juicios, pues poseía el conocimiento y la capacidad de decisión necesaria para formularlo. En la vida habría empezado su trabajo diario con palabras como «me siento motivado». Se habría reído a mandíbula batiente de cualquiera que hablase así. Viktor ha muerto.

Era capaz de beber mucho y soltar discursos grandilocuentes, de amar con pasión y reír bien fuerte y también de ofender a la gente. No por maldad, sino por amor a la libertad. Llamaba malo a lo malo y bueno a lo bueno y en la vida dijo «por así decir». Viktor ha muerto. Rahel no se imaginaba el golpe que sería para ella.

Peter coloca las compras en el asiento de atrás y arranca. Gira al pasar junto a la señal inclinada de «calzada sin salida»,

recorre el camino empedrado, sube la colina y deja atrás la piedra del glaciar para entrar en el patio.
Rahel tiene un nudo en la garganta.
Meister Adebar está delante de la puerta, como si fuese el nuevo amo del lugar.

Viernes

Con el primer albor de la mañana, la vence el sueño. Son casi las once cuando vuelve a abrir los ojos. En el duermevela, por un momento creyó que todo había sido un mal sueño, nada más. Esos momentos son los peores. Cuando el horror de la realidad supera el horror de la noche. Peter pone todo de su parte. No dice ni demasiado ni demasiado poco. Se limita a estar a su lado y la lleva a dar el paseo diario con la yegua.

Mientras caminan, Rahel se da cuenta de lo mucho que se parece Peter a Viktor. Es como una versión más suave de él, sin las marcadas aristas de Viktor, pero con la misma firmeza inquebrantable con respecto a lo que considera que está mal. Lo de «dejar abiertas todas las opciones» no va con él. Del mismo modo que Viktor, Peter cierra las puertas a los hipócritas y a los que se las dan de santos.

—Hazme alguna señal cuando quieras que me calle —dice, pero a Rahel le hace bien escucharle.

También él se ha pasado la noche despierto. Reflexionando sobre la vida y la muerte.

—Con cada cosa que hacemos, hasta con la acción más pequeña moldeamos nuestra vida y nuestra personalidad. Si me muevo demasiado poco, me pongo enfermo, si hago deporte,

me encuentro mejor. Si leo libros malos, lo malo cala en mí y
luego me sale. Si leo libros buenos, lo bueno me hace un efecto beneficioso y así sale de mí. Si miento, retuerzo algo en mi
interior. Si digo la verdad, vuelvo a enderezarlo.

Rahel lo mira.

—Suena como si el destino estuviera en nuestra mano.

—No, no he querido decir eso. Sé que hay muchas cosas
que no decidimos. No hemos venido al mundo libres de con-
dicionamientos.

Rahel asiente con la cabeza.

—Una de las ideas radicalmente equivocadas de nuestro
tiempo es que toda persona puede determinar quién es. Que
toda persona sería un dios en pequeño. Como si no hubiera
nada escrito. Como si no hubiera un antes.

A raíz del «antes», Rahel vuelve a Viktor. Todas las palabras llevan de vuelta a Viktor. Hablen de lo que hablen.

Selma llama a última hora de la tarde.

—¿Cómo estás, mamá? —pregunta, y suena a que de verdad le preocupa.

Rahel le cuenta lo que se puede contar, quitándole hierro,
dándoselas de más fuerte de lo que es. Hace lo típico de los
padres.

Luego, como muy de pasada, Selma menciona el fin de
semana siguiente. Que ya está solucionado.

—¿Qué ha pasado?

—Bueno... —Selma se sorbe la nariz y se suena—. Le he
explicado a Moritz lo que pasa. Que todavía no sabéis cómo va
a ser lo que está por venir. Cuándo será el entierro de Viktor,
o si Ruth va a necesitar ayuda, esas cosas. Que yo no sé si os
podréis hacer cargo de los niños.

—¿Y?

—Le ha sentado mal —la voz de Selma sube de tono—. *A él*
le ha sentado mal que yo no haya podido organizarme para verlo.

—Narcisismo —diagnostica Rahel fríamente—. Exagerado nivel de exigencia. Gran susceptibilidad.

—Tú lo has dicho.

—¿Y entonces?

—Si al final podéis... —dice Selma en voz baja—, bueno...
Vince va a posponer su viaje de amigotes.

Sin necesidad de oír más, Rahel dice:

—Claro que sí.

`En busca de Peter, acaba dando la vuelta completa al patio.

Peter no la oye llegar. Lleva puestos los auriculares y está
cantando, en su macarrónico inglés de la Alemania del Este:
«...*and love is not a victory march, it's a cold and it's a broken
Hallelujah*».

Canta al tiempo que esparce por el suelo el pienso para las
gallinas, y los animales lo rodean como a su rey. A la entrada
del corral está la cigüeña, su fiel compañera. Al lado, el gato al
que le falta una oreja. La estampa completa es absurda. Irreal,
como una imagen de cuento con vida.

Lo único que la perturba es la tecnología. Y lo mal que
canta Peter.

Sin hacer ruido para no avergonzarlo, Rahel se retira.

Va recorriendo las habitaciones y no consigue quedarse tranquila. Aquel lugar le resulta demasiado. Un impulso le ordena
marcharse de allí. Lo antes posible. Como si también el lugar
se hubiera quedado sin vida, como si Viktor, en el momento de
su muerte, hubiese absorbido toda la que le quedaba.

Como sonámbula, Rahel va de un lado para otro, toca objetos, acaricia superficies polvorientas, curiosea la colección de

cientos de discos de vinilo y, en el cuarto de estar, encuentra un álbum de fotos.

En él encuentra también una foto de Edith y Ruth. Las dos de pie a la orilla del lago, jóvenes, con vestidos de verano hasta los pies. Ruth es una belleza radiante, aunque con el halo frío que envuelve todo lo que es perfecto. También Edith es guapa, pero en su rostro se ve algo roto, en su actitud hay algo oscuro. La semilla del futuro ya está sembrada en ellas.

Sábado

Al ver a Ruth, Rahel tiene que hacer un esfuerzo por no romper en fuertes sollozos.

Como siempre, Ruth lleva el pelo recogido en un moño bajo, los ojos y los labios discretamente maquillados, pero la expresión de su rostro... Como congelada.

Saluda a Rahel y a Peter con un abrazo simulado, recorre el lugar con la mirada, pregunta esto y aquello sin estar realmente presente. Deja que Peter le lleve las bolsas dentro de la casa, los gatos la rodean, pero ella no le presta atención a ninguno. Se le ven los ojos muy grandes, como muy abiertos. Sus duros brazos desnudos están morenos, lleva un vestido negro largo.

Rahel guarda silencio.

Peter dice:

—De momento, aterriza tranquila.

Ruth desaparece en el interior del dormitorio que compartía con Viktor.

Durante la comida, que deja entera sin tocar, la mirada de Ruth se desliza una y otra vez hacia el taller. Da un sorbito al vaso de agua y, con una voz que no parece suya, les explica los siguientes pasos. Cuándo le entregarán el cuerpo, cómo quiere que sea el funeral. Ayuda no necesita. Frauke acudirá unos días, con eso bastará. Rahel y Peter pueden calcular que la fecha del entierro será en unas dos semanas. Todavía no sabe si habrá sitio para que pernocte en la casa todo el mundo. Hay que contar con que muchos vendrán de lejos.

Varios gatos merodean alrededor de la mesa, los ojos de Ruth se mueven inquietos.

—¿Dónde está el gato al que le falta una oreja? —pregunta.

Peter mira a su alrededor.

—No lo he visto desde ayer.

—Era su preferido —murmura Ruth.

Después de comer, se levanta y dice:

—Me disculpáis, por favor.

Peter sale a buscar al gato.

Rahel se levanta como movida por un resorte, recoge la mesa y sube volando a su cuarto para empezar a preparar el equipaje. Los dibujos van al fondo de la maleta, encima coloca la ropa y los libros y todo el resto de cosas que ya no va a necesitar. El cigarrillo y el mechero los mete en el bolso. Deja la habitación recogida, da una vuelta de limpieza, ventila y va a bañarse por última vez; en un repentino arranque de valor, se adentra nadando hasta el centro del lago.

Flotando boca arriba, con los ojos cerrados, piensa en los últimos segundos de Viktor.

¿Murió por asfixia, como es habitual en los casos de ahogamiento? ¿O se le llenaron los pulmones de agua salada? ¿En qué pensaría? ¿Podía pensar siquiera llegado ese momento? ¿Pensaría en ella? ¿En Ruth? ¿En Edith? ¿O acaso el pánico habría eclipsado cualquier imagen y pensamiento?

Más tarde, acompaña a Peter en su último paseo con la yegua. La búsqueda del gato no ha dado fruto. A Peter se le ve angustiado y no habla mucho. Baila va pegada a él, le da con el hocico en el hombro de vez en cuando, como si intuyera la despedida inminente.

Hasta la hora de cenar no vuelven a coincidir los tres, aunque ninguno tiene apetito. Ruth elogia lo bien que le han cuidado el jardín, la casa y los animales. Dice que muy pocas veces ha estado todo tan ordenado y, enseguida, vuelve a quedarse en silencio y como ausente.

Las copas de vino se llenan de moscas del vinagre, las avispas se posan y se llevan volando trocitos de una loncha de jamón cocido, una araña corretea por la mesa.

Una última noche, piensa Rahel, solo queda una noche.

—Voy otra vez a ver si encuentro al gato —dice Peter de repente, se levanta y sale andando.

Ver a Ruth casi resulta insoportable. El abismo de su interior está oculto detrás de una máscara, pero el poder de atracción que ejerce es tan enorme que Rahel, sin querer, necesita alejar su silla de la mesa un poco. Y luego, sin previo aviso, suelta la pregunta.

Pronuncia las palabras inefables en el tono más anodino en que es capaz de hacerlo, y, cuando dice «padre», Ruth la mira a los ojos con serenidad.

—Sabía que te darías cuenta antes o después —responde.

Ella lo sospechó cuando Rahel tendría unos ocho años. Era el fin de año de 1978/79, un día en que, después de una tormenta de nieve tremenda, como no la habían visto jamás, hubo un apagón en medio país y tuvieron que recurrir a los tanques para abastecer a la gente que se quedó aislada del mundo exterior.

Lo que cuenta Ruth a continuación coincide mucho con el recuerdo de Rahel.

Viktor encontró a la niña medio helada detrás de un gigantesco montón de nieve del patio. Hacía un frío terrible. Estaba sentadita junto a la salida de la cueva que ella misma había excavado en la nieve. Edith y Ruth pensaban que estaba en alguno de los dormitorios de arriba. A ninguna se le ocurrió comprobarlo. Viktor estaba fuera de sí. Nadie sabía cuánto tiempo habría pasado Rahel en el exterior, pero con lo pequeña y menuda que era y sin ropa de abrigo adecuada cabía esperar que su cuerpo se hubiese congelado muy pronto. Tenía los ojos semicerrados y no se movía cuando Viktor la encontró. Al instante, la cogió en brazos y la metió en la cocina. Apretándola contra su cuerpo, se puso a gritarle a Edith. En su rostro se leía algo más que la rabia: el miedo en estado puro.

—Aquella noche se lo pregunté directamente —dice Ruth. Al cabo de unos segundos, añade—: Lo negó —levanta las manos y las deja caer de nuevo—. Por lo demás, lo tuyo se quedó en el susto. Ni siquiera te resfriaste.

—Lo negó... —repite Rahel—. ¿Y tú le creíste?

Ruth se encoge de hombros.

—Quise creerle.

Suspira, su mirada parece dirigida a su propio interior. Luego sigue:

—Cuando ingresaron a Edith, cuando aún medio podía hablar, también se lo pregunté a ella. Me miró. Estuvo un buen rato mirándome. Luego dijo que no y cerró los ojos.

Rahel hace el gesto de asentir con la cabeza y se sumerge en una burbuja de silencio en la que vuelve a plantearse todo una vez más. Las preguntas, las repuestas, la credibilidad. Y justo cuando se siente dispuesta a dejar estar el tema por hoy, Ruth dice:

—Viktor siempre quiso que, llegado el momento, esta casa sea para ti. Igual eso es respuesta suficiente.

Se miran las dos. Ya nada se interpone entre ellas. Los ojos de Ruth están vacíos de tristeza.

Cuando llega Peter, llevan largo rato sentadas las dos juntas sin pronunciar palabra, cada una sumida en sus propios recuerdos.

Lo primero que le llama la atención a Rahel es que Peter viene sin camisa. Luego ve el hatillo que trae en brazos.

—No os lo vais a creer —dice, y coloca lo que trae en brazos envuelto en su camisa sobre una silla, al lado de Ruth—. Estaba detrás del pruno.

Retira la tela hacia un lado.

El gato al que le falta una oreja tiene la boca ligeramente abierta. Los ojos también están medio abiertos, el cuerpo ya rígido.

Rahel siente un escalofrío por la espalda.

Ruth sonríe. Posa una mano sobre del animal muerto y, casi imperceptiblemente, asiente con la cabeza.

Domingo

—Adiós, queridos —dice Ruth, cuando Rahel y Peter suben al coche.

Lentamente, salen del patio. Ruth los acompaña hasta la piedra del glaciar. *Maese* Adebar la sigue a una distancia prudencial. Es la primera vez que está allí sin Viktor, levanta la mano para decirles adiós, la mueve un poco. Detrás de ella, la cigüeña bate las alas con tanta fuerza que se eleva unos centímetros del suelo. Casi vuela.

Rahel se ha dado la vuelta por encima del asiento y no para de decir bien fuerte:

—¡Adióoos!

Le corren las lágrimas por las mejillas. Agita la mano como una posesa y rompe en sollozos.

Ruth se mantiene tiesa como un poste. Le faltan las fuerzas para una última sonrisa.

Al otro lado del velo de lágrimas de Rahel va discurriendo el paisaje como un cuadro impresionista y, una vez han dejado atrás el pueblo, Peter acelera. Con las ventanillas bajadas, recorren a toda velocidad la larga carretera entre los árboles, con el viento en el pelo y el polvoriento olor del final del verano

en la nariz, y Rahel saca el cigarrillo del bolso. El tabaco se
ha quedado tan seco con el paso de los días que se desmigaja
todo. Peter sonríe cuando lo enciende.

Peter pone el CD de Gundermann, busca la canción favorita de Rahel y, cuando llega el estribillo, ella gira la rueda del
volumen para subirlo[10].

> «... *immer wieder wächst das Gras,*
> *wild und hoch und grün,*
> *bis die Sensen ohne Hast*
> *ihre Kreise ziehn».*

[10] «Gras», música y texto de Gerhard Gundermann. Del álbum *Einsa-
me Spitze*, BuschFunk 1992. Gerhard Gundermann «Gundi» (1955-1998)
fue un cantautor de la RDA, bastante famoso desde los 80 y no poco con-
flictivo por sus críticas a las malas condiciones de los trabajadores de la
zona de minas de carbón y canteras de la Lausacia, así como por romper
tabúes, como verbalizar la tristeza y la insatisfacción con el sistema, siendo
él mismo un socialista ortodoxo que incluso llegó a colaborar con los servi-
cios secretos desde el convencimiento de hacer un bien al Estado. Después
de la unificación, estuvo muy comprometido con la causa ecologista. El
texto dice: «...y siempre crece la hierba,/ silvestre y verde y alta,/ hasta que
sin mucha prisa/ la siegan las guadañas». *(N. de la T.)*

Agradecimientos

Deseo dar las gracias a todos los que han contribuido a que este libro vea la luz.

Gracias a Philipp Keel, quien como editor volvió a depositar su plena confianza en mi trabajo; a Ursula Bergenthal, editora jefa que siempre estuvo a mi lado brindándome apoyo y consejo; a Ruth Geiger, interlocutora de absoluta confianza en todo momento y para cualquier necesidad, y a todos los demás colaboradores de la editorial Diogenes que, cada cual en su tarea, han sido parte del proceso.

A mi editora de mesa Kati Hertzsch, de quien valoro enormemente su competencia y sincera ilusión por nuestro trabajo en común.

Gracias a mi familia por su apoyo y a mis amigos por la inspiración.

Y gracias a P. y T. por los días de verano que pasé en su casa del lago el año pasado. Allí, en un momento de tranquilidad, me senté al escritorio, pasé un rato asomada a la ventana, tuve una idea que no esperaba y empecé a escribir las primeras frases de esta novela.

Vegueta simboliza el oasis cultural que florece en el cruce de caminos. Con el pie en África, la cabeza en Europa y el corazón en Latinoamérica, el barrio fundacional de Las Palmas de Gran Canaria ha sido un punto de llegada y partida y muestra una diversidad atípica por la influencia de tres continentes, el intercambio de conocimiento, la tolerancia y la riqueza cultural de las ciudades que miran hacia el horizonte. Desde la editorial deseamos ahondar en los valores del barrio que nos da el nombre, impulsar el conocimiento, la tolerancia y la diversidad poniendo una pequeña gota en el océano de la literatura y del saber.

Estamos eternamente agradecidos a nuestros lectores y esperamos que disfruten de este libro tanto como nosotros con su edición.

Eva Moll de Alba